# 사랑의
# 구름다리

# 사랑의
# 구름다리

**초판 1쇄 발행** 2019년 2월 1일

| | |
|---|---|
| **지 은 이** | 조규빈 |
| **발 행 인** | 권선복 |
| **편 집** | 권보송 |
| **디 자 인** | 오지영 |
| **전 자 책** | 서보미 |
| **발 행 처** | 도서출판 행복에너지 |
| **출판등록** | 제315-2011-000035호 |
| **주 소** | (157-010) 서울특별시 강서구 화곡로 232 |
| **전 화** | 0505-613-6133 |
| **팩 스** | 0303-0799-1560 |
| **홈페이지** | www.happybook.or.kr |
| **이 메 일** | ksbdata@daum.net |

값 15,000원
ISBN 979-11-5602-692-1 03810

Copyright ⓒ 조규빈, 2019

도서출판 행복에너지는 독자 여러분의 아이디어와 원고 투고를 기다립니다. 책으로 만들기를 원하는 콘텐츠가 있으신 분은 이메일이나 홈페이지를 통해 간단한 기획서와 기획의도, 연락처 등을 보내주십시오. 행복에너지의 문은 언제나 활짝 열려 있습니다.

# 사랑의 구름다리

조규빈 수필집

도서
출판 행복에너지

# | 목차 |

제1부

## 정서가 있는 느낌

제2부  열정이 있는 삶

사랑의 구름다리

구름다리
사랑의

•제1부 정서가
있는 느낌

인간은 감성의 동물이다. 감정이 있고 정이 있어 살아가면서 겉으로 상황에 맞는 느낌을 표출한다. 인간은 칠정을 누구나 간직하는데 그 가운데 사랑이 삶의 핵심 요소로 등장한다. 사랑은 모든 것을 포용하는 너그러움이 있어 남녀노소 누구나 반가운 미소로 마중한다.

　　사랑은 인간의 삶을 행복이 넘치는 놀이터로 안내한다. 웃음이 있고 때로는 희로애락이 춤을 추기도 하는 세상살이의 터전을 보여주기도 한다. 사랑이 세상살이와 어울리는 삶을 행복이라고 한다. 사랑은 인간이나 동물의 세상살이와 동행하며 밖으로는 자연도 관심의 대상이 된다.

자연은 인간의 세상살이에 많은 영향을 끼친다. 자연은 인간을 사랑으로 대하는데 인간은 자연의 사랑을 외면하는 경우가 많아 자연이 우리의 생활에 경고를 내리기도 한다. 인간은 늘 지나간 뒤에 후회하지만 자연이 우리에게 주는 경고는 미리미리 깨달음을 느끼라는 의미이다. 우리는 지나간 뒤에 후회하기보다 먼저 자연을 사랑하는 지혜를 간직해야 한다.

　　많은 이들이 자연 재해의 심각성을 이야기하고 있지만 대부분의 사람들은 나와는 관심 없는 이야기라고 뒷전으로 돌린다. 이산화탄소 배출이 주범이라고 매스컴에서 일상으로 보도하지만 정작 해당되는 기업체에서는 심각성을 깨닫지 못하고 남의 탓만 늘어놓는다.

사람이 사는 방법으로는 신선함과 참신성이 돋보여야 살아가는 쾌감을 느낀다. 참신성이 돋보이는 삶은 혁신적인 사고가 있고 우리가 살아가는 데 보람을 얻게 한다. 신선한 삶은 매일매일 산뜻한 기분으로 일과를 보낼 수 있고 활기찬 모습으로 자신이 기대한 것 이상의 효과를 거둘 수 있다.

　　인간의 바람이나 기대감은 내일을 위한 삶의 의욕이다. 삶의 의욕이 없다면 사람들은 무미건조한 삶에서 벗어날 수 없다. 삶의 의욕은 내일을 향한 기대감이자 희망을 향한 발걸음이다. 사람들은 내일을 희망이 이루어지는 안착점으로 여기고 그곳을 향한 기대감에 부풀어 있다.

인간의 정서는 살아가는 방법이나 모양새에 따라 나타나는 느낌이 사람마다 빛깔을 달리한다. 기쁘고 즐거움은 사람의 마음에 밝고 희망이 부푼 상태에서 나타나며, 우울한 심정으로 사물을 대할 때에는 괴롭고 슬프고 고달픈 심성으로 패기가 사라진 늘어진 모양새를 띤다. 사람은 맑고 밝은 마음을 가지려고 노력해야 한다. 삶의 빛깔을 명랑하게 치장하여 그늘진 모습이 사라진 웃음이 있는 삶이 되도록 노력해야 한다.

# ●사랑의 구름다리

구름다리는 도로나 계곡을 가로질러 공중에 놓은 다리를 말한다. 지표면과 접촉 없이 다니는 길로 스카이브리지<sub>skybridge</sub>라고도 하며 한자어로는 운교雲橋라 한다. 밑을 받치는 지주가 없어 사람이 건널 때에 출렁거리거나 흔들거려 초심자는 아찔함을 느낀다.

모양이 공중에 떠 있는 구름이나 무지개와 같으므로 구름다리 또는 무지개다리라고 한다. 계곡 양쪽에 지주를 세워 로프로 연결한다. 이 다리를 건너자면 출렁거리거나 흔들거리는 재미가 있는데 은근하게 흥분을 느끼며 발끝에 스며오는 짜릿

함도 한몫을 한다.

　은근하게 가슴을 저리게 하고 아찔함을 함께 느끼는 흥분은 다리를 건너면서 느끼는 자극에서 얻는다. 구름다리는 공중에 떠 있어 다리를 건너는 사람에게 사랑하는 사람들의 마음을 느끼게 한다. 짜릿하게 전해오는 쾌감은 사랑하는 사람들만이 느끼는 심성이다.

　사랑은 두 사람이 처음부터 친숙하고 밀접한 관계를 지니는 것이 아니라 서로를 탐색하고 마음과 마음이 교차하는 과정을 거친다. 믿음이 뒷받침되고 오가는 마음이 서로를 이해하면서 자연스럽게 서로를 그리는 마음을 가슴에 안으면 사랑은 움을 틔운다.

　계곡을 가로지르는 구름다리는 계곡의 양쪽 산이나 마을을 하나로 연결하는 구실을 한다. 사랑에도 두 사람의 마음을 하나로 연결해 주는 구름다리가 있었으면 한다. 다리를 오가며 서로의 마음을 주고받는다면 사랑도 한결 믿음이 있고 영원을 지향할 수 있을 것이다.

　사랑은 사람마다 느낌의 깊이가 다르다. 그러나 구름다리를 건너면서 느끼는 흥분된 마음은 계곡을 하나로 잇는 다리마냥 사랑하는 두 사람의 마음과 마음을 자연스럽게 연결하는 기능을 갖는다. 사람만이 오가는 다리가 아니라 사랑과 정이 오가는 다리가 되었으면 하는 바람이다.

구름다리는 계곡을 사이에 둔 양쪽 마을 사람들의 왕래가 잦아야 한다. 한쪽 마을 사람들만이 이용하는 것이라면 처음부터 다리로서의 기능을 찾을 수 없다. 사랑도 마찬가지로 서로의 마음이 오가지 못하면 사랑은 미로를 헤매면서 그리움만 남는다.

사랑하는 이들은 마음이 풍선처럼 부풀어 오르고 맑은 세상에 자기만의 색깔로 그림을 그린다. 그림의 빛깔은 마음과 마음을 주고받는 황홀한 세계로 어린이들 동화의 세계를 닮아간다. 구름다리를 건널 때의 짜릿함과 흥분은 사랑에서 오는 추억으로 남는다.

다리라고 해서 마냥 흥분된 쾌감을 느끼는 것은 아니다. 어쩌다 태풍이라도 몰아치면 다리의 기능을 상실할 때가 많다. 사람의 세상살이도 행복한 날이 있으면 때로는 자신의 힘으로 감당하기 어려운 때도 있다. 얼마나 지혜롭게 삶을 창출하느냐에 따라 삶의 빛깔이 나타난다.

　우리나라의 구름다리는 고종高宗이 아관파천俄館播遷하여 러시아 공사관에 있을 때 경운궁과 러시아 공사관 두 곳을 편리하게 오갈 수 있도록 공중에 놓았던 다리가 효시였다. 모양이 공중에 떠 있는 구름 또는 무지개와 같다고 해서 구름다리雲橋:운교, 무지개다리虹橋:홍교라고 했다.

　인간의 삶도 시간과 시간의 다리를 건너는 일이다. 시간의 다리를 순리에 맞게 차근차근 건너야 우리의 삶도 순조로운 시간 여행이 된다. 간혹 마음이 급하거나 과격한 사람이 조용히 시간의 다리를 건너지 않고 달음박질로 건너뛰는 인생은 지혜롭지 못하다.

　두 건물 사이에 지어져 사방이 둘러싸인 구름다리도 있다. 보통 기업체들이 자신의 이익을 위해 놓으나 궂은 날씨로부터 보행자를 보호해 주는 구실도 한다. 도로나 철도를 건너가기 위해 놓은 육교陸橋도 있으나 현대로 발전하면서 불편한 점이 많아 횡단보도로 대체하는 곳도 많다.

보행자를 위한 사방이 둘러싸인 다리나 도로나 철도를 건너기 위한 다리는 여기서 말하는 영역과 어울리지 않아 이야기를 접는다. 앞에서 지적했듯이 다리를 건너자면 출렁거리는 출렁다리거나 흔들거리는 흔들다리 등 건너면서 마음까지 흥분되는 다리를 말한다.

　사랑은 영혼과의 교감에서 이루어진다. 교감을 이루게 하는 역할은 구름다리가 맡아 늘 신성神聖한 사랑으로 거듭 태어나게 한다. 한편 뚜렷한 모습을 가슴으로 담은 서로의 생각이 다리에서 만나 풍성한 마음을 교환한다. 마음이 풍성하면 영혼과의 만남도 신선하고 참신하며 사랑도 영원을 지향할 수 있다.


　사랑은 인격적으로 신뢰를 바탕으로 한다. 서로의 마음이 긍정적으로 결합되고 단순한 즐거움이나 기쁜 마음이 아무 거리낌도 없이 교감할 수 있는 상태를 말한다. 서로 좋아하고 항상 나를 사랑하듯이 상대방을 소중히 여기는 마음이 있어 삶이 즐거움으로 꽃을 피우는 상태이다.

　구름다리를 건너면서 교감하는 것만이 사랑이 아니다. 비록

다리를 건너면서 서로의 마음을 교감하지 않아도 인간의 삶을 지탱하는 자연을 사랑할 수도 있고 애정을 가지고 대하는 모성애, 인간애, 조국애, 민족애 등도 사랑의 한 영역으로 자리매김한다.

　사랑은 관심을 가져야 한다. 사랑하는 대상에 대한 무관심은 흥미를 느끼지 못한다. 인간의 삶의 발전은 어디엔가 흥미가 있어야 관심을 가지고 탐색하는 과정을 거친다. 사랑도 관심이 있는 대상을 탐색하는 과정을 거치면서 사랑을 익혀간다.

　오늘날 사랑이라는 용어를 아무렇지 않게, 장난삼아 이야기에 담아 쓴다. 그러나 사랑은 신성神聖하며 마음 깊이 울림이 있어야 사용할 수 있다. 사랑은 개그맨의 이야기에 나오는 우스갯소리가 아니라 진실과 진정성을 가진 이야기에 건전하게 포함되는 말이다.

　로미오와 햄릿의 이야기에서 보듯이 죽음까지도 사랑 앞에 헌사獻死하는 성스러움이 있어야 한다. 사랑은 위대한 인간의 마음이 사람과 사람 사이를 오가는 구름다리를 건너는 영靈의 이미지를 간직한다. 따라서 사랑은 영적이며 신령스러운 마음

17

가짐이다.

구름다리는 직접 교우하지 않아도 생각과 생각을 교환하면서 사랑의 대상을 면밀히 탐색할 수 있다. 먼저 건너는 사람의 모습에서 늘 마음속에 간직하였던 사람의 이미지를 발견하는 수도 있다. 이것이 계기가 되어 서로를 맺어 주는 인연이 되기도 한다.

옛말에서는 사랑을 '다솜'이라 했는데 애틋하게 사랑한다는 뜻이었다. 한편 사랑하다를 '괴다'라 하는데 고전 작품에 심심찮게 발견된다. '괴다'는 누군가를 끊임없이 생각하고 있다는 의미를 내포하고 있다. 상대를 잊지 않고 끊임없이 생각하는 행위 자체가 사랑이다.

우리 고전 작품에서 비록 기생이었지만 황진이黃眞伊의 사랑 노래를 건너뛸 수 없다. 그녀의 진솔한 넋을 담아 노래로 엮은 시조는 현대를 사는 우리에게도 참된 사랑의 이미지를 전한다. 그녀의 연모戀慕의 정을 작품으로 감상한다.

冬至동지ㅅ돌 기나긴 밤을 한 허리를 버혀 내여,

春風춘풍 니불 아래 서리서리 너헛다가,

어론님 오신 날 밤이여든 구뷔구뷔 펴리라.


   사랑은 누군가를 생각하는 행위로 그 생각이 넘나들면서 서로의 마음을 하나로 맺어주는 곳이 구름다리이다. 사랑이 넘나들며 서로의 마음을 교차하는 구름다리는 인간의 생각이 지나다니는 행복의 다리이기도 하다. 인간의 마음에 영혼을 담는 신성한 다리이기도 하다.

# ●꽃도 고향이 그립다

다른 나라와 자유무역협정이 이루어진 후에 신토불이身土不二 라는 말이 유행을 타면서 보편적으로 사용된다. 몸과 땅은 둘 이 아니라는 뜻으로 자신이 사는 땅에서 나는 것을 먹어야 자 기 체질에 잘 맞는다고 동의보감에서 밝히고 있다.

신토불이는 원래 화엄경華嚴經에 있는 문구로 자신과 만물은 둘이 아니라는 철학적 진리가 담겨 있다. 사람이나 식물은 그 가 태어난 곳의 토양과 온갖 기상 상태에 따라 삶의 형식과 질 이 이루어진다는 것이다. 사람이나 식물이나 환경을 무시할 수 없다는 뜻이다.

신토불이는 외국 농산물이 밀려오는 것은 물론 열악하고 비위생적인 환경에서 재배한 값싼 중국산 채소들이 범람하여 우리 농업에 큰 타격을 입히고 있는 상황에서 우리 농산물을 애용하자는 캠페인성 의미가 강하다.

결코 손을 놓고 방관할 수만 없는 실정으로 우리에게 더 가깝게 다가서는 말이 신토불이다. 한의학에서도 신빙성 있게 다루어져 우리 토양에서 생산된 약재가 귀하게 여겨진다. 인위적으로 재배한 것보다 사람이 근접하지 않은 토양에서 스스로 자란 약재가 더 대접을 받기도 한다.

토양과 환경에 따라 변신하는 식물을 일러 말하는 귤화위지라는 고사성어가 있다. 강남귤화위지江南橘化爲枳를 줄여서 하는 말로 남쪽지방 회남淮南의 귤나무를 북쪽지방 회북淮北에 옮겨 심으면 탱자나무가 된다는 의미를 지닌다.


환경에 의하여 변하는 것은 사람도 마찬가지로 사람도 사는 장소와 환경에 따라 성격이 변한다는 뜻으로 사용되기도 한다. 사람은 사는 곳의 환경에 따라 착하게도 되고 악하게도 됨을 비유할 때 흔히 쓰인다.

근래에 지구 온난화로 기후에 따라 식용식물도 점차 한대寒帶 지역으로 재배 지역을 확대해 가는 경향이 있다. 그만큼 식물은 토양과 기후 변화에 민감한 반응을 보인다. 식물뿐만 아니라 바다에 사는 어패류도 수온 변화에 따라 서식 장소를 옮기는 경향이 짙다고 한다.

대구지방이 사과의 주산지로 널리 알려져 있다. 하지만 이제는 점차 북상하여 고랭지인 대관령이나 더 북상하여 우리나라 중앙이라는 양구지방이 향과 맛이 좋은 사과 재배 지역으로 알려지고 있다.

바다에서는 명태와 오징어의 주산지가 수온이 낮은 동해안이었으나 한류寒流가 점차 남하하고 있어 이제는 남해나 서해에까지 이들 고기의 활동 범위가 확대되고 있다. 반대로 수온 상승으로 열대성 고기들이 동해에까지 진출하여 잡히는 경향도 있다. 이러한 현상은 모두가 환경의 변화에 따른 것으로 추정된다.

환경의 변화와 함께 순응하는 것은 식물이 인간보다 더 민감하다. 인간은 스스로를 보호하려는 의지력을 갖추지만 식물은 환경에 적응하는 것으로 자신을 보호한다.

나는 직장 관계로 고랭지 지역에서 생활한 적이 있었다.

고랭지 지역이므로 한여름에도 모기가 기생하지 않았으며 식당에는 에어컨이나 선풍기도 설치되지 않았다. 꽃도 아랫마을보다 달포나 늦게 개화하지만 혹독한 겨울 추위를 이겨내며 꽃술을 나타낸 탓인지 색상은 흔히 볼 수 있는 진달래도 아랫마을보다 짙고 선명하고 화려했다.

밝고 선명한 빛깔에 매혹되어 아랫마을 고향집 정원에 진달래를 이식한 적이 있었다. 첫해는 크게 관심을 가지지 않았는데 해가 지나면서 관찰한 결과 고랭지에 있을 때보다 색상도 희미하고 빨갛고 짙은 빛깔은 찾아볼 수 없었다.

몇 년째 옅고 희미한 빛깔로 오히려 정원의 잡초나 다름이 없어 정리할 때 다른 꽃나무로 대체하고 말았다. 혹독한 추위를 견디고 피는 꽃이 색상이 밝고 선명하다는 것을 시간이 흐른 뒤에 체득하였다.

깊은 산속에서 자생하는 더덕을 옮겨 심은 적도 있었다. 산속에서는 짙은 향기가 멀리서도 가깝게 느껴졌는데 정원에 옮겨 심은 후로는 자취를 감추었다. 더덕 뿌리는 식용뿐만 아니라 사삼沙蔘이라고 하여 한약재로도 사용되는데도 향기가 사라지고 말았다.

식물은 자라는 토양과 기온의 영향을 많이 받는다는 사실은 농부가 아니더라도 누구나 알고 있다. 더구나 깊은 산속에서 자생하는 식물이나 약초 등은 대표적인 유기농 식물이다. 따라서 이러한 식물은 토양과 기온이 가장 기본적인 영양소 기능을 한다.

귤화위지, 즉 따뜻한 남쪽 회남 땅에서 자라는 귤나무를 날씨가 서늘한 북쪽 회북 지방에 옮겨 심으면 탱자가 된다는 사실에서 이미 다루었지만 식물이 토양과 환경에 따라 변신하는 사례는 어느 곳에서나 발견할 수 있다. 환경에 적응하며 삶을 유지하는 것은 생명을 가진 모든 사물의 진화하는 과정의 하나라고 하겠다.

차가운 영하의 기온을 반드시 거쳐야만 피는 꽃이나 식물을 일컫는 춘화현상春化現象도 있다. 봄의 전령사라고 하는 개나리를 비롯하여 진달래, 철쭉 등이 이에 속한다. 튤립, 히야신스, 백합, 라일락 등도 춘화현상을 겪는 식물이다. 가을에 파종하

는 보리도 같은 맥락에 속하며 봄에 파종하는 것보다 수확량
이 월등히 높다.

추운 겨울을 지나야 더 아름다운 꽃을 피울 수 있는 이들 식
물을 우리나라에서는 봄이면 흔히 접할 수 있다. 봄마다 노란
빛깔을 자랑하는 유채꽃도 사실은 가을에 파종하여 한겨울을
지나는 월동초의 일종이다.

따뜻한 나라 호주에 이주하여 사는 교포 한 사람이 봄이면
고국의 산야를 노랗게 물들이는 개나리에 심취하여 자기 집
정원에 옮겨 심은 다음 지극정성으로 가꾸었다고 한다. 그런
데 나무는 무성하게 자랐지만 꽃은 몇 년이 지나도 피지 않
았다. 개나리뿐만 아니라 봄에 피는 꽃 대부분이 반드시 매서
운 겨울을 겪어야 꽃을 피우는 것을 춘화현상이라고 한다. 춘
화현상을 고국에 있는 지인을 통하여 한참 후에야 알게 되었
다는 교포의 일화를 신문에서 읽었던 기억이 난다. 얼어 있던
땅이 녹아 만물이 소생하는 계절인 봄을 맞이하면 매운 추위
를 이겨낸 나무는 색상이 뛰어난 꽃을 피운다.

혹한을 겪어야 동토凍土를 녹이며 아름다운 꽃으로 봄맞이를
하는 식물은 우리에게 주는 교훈이자 자연이 인간에게 주는

세상살이의 철학이다. 인간의 세상살이도 봄을 맞이하려는 인고의 괴로움이 있어야 가장 아름답게 가슴에 안기는 꽃을 피운다.

인생간 굴화위지와 춘화현상의 철학을 가슴에 간직하고 매일 하나씩 꺼내보며 세상살이를 배워가야 한다. 지역에 따라 사람의 성격이나 기질이 서로 다르게 나타나는 현상을 쉽게 찾아볼 수 있다. 우리나라는 지역적으로 그리 넓지 않은 곳에 살고 있다. 그런데도 영남이니 호남이니 하면서 지역적 특색을 심심찮게 보인다.

현실은 미래를 위한 오늘의 기상도이다. 한겨울 추위마냥 혹독한 현실이 고되고 노력을 해도 성공에 대한 확신이 없다손 치더라도 봄이면 아름다운 꽃으로 사람의 마음을 녹여 주는 지혜를 배우면 된다. 자연은 아무리 혹독한 추위가 닥치더라도 삶을 멈추지 않으며 보다 슬기롭게 현실을 이겨나가는 의지를 보인다.

나무는 열매를 맺기 위해 아름다운 꽃과 그 속에서 샘솟듯이 풍겨 나오는 향기로 벌을 유혹한다. 인간의 삶은 행복을 찾아가는 여정이다. 미래에는 만날 수 있을 것이란 희망을 간직하면서 행복을 마중한다. 희망은 행복을 맞이하려는 마중물이다.

춘화현상은 자신들의 삶을 그려내고 있다. 인간은 온기가 넘치는 평화스러운 계절을 바라지만 꽃은 혹한의 시련을 겪어야 아름다운 웃음을 꽃으로 대변한다.

## ● 가슴에 피는 저녁노을

저녁노을이 피어나는 서쪽 하늘은 오늘도 아름다운 그림을 그리며 하루를 마감한다. 가을 단풍이 한 해를 끝내려고 초록 세상을 오색 빛깔로 아름답게 수놓듯이 이 세상 모든 것은 마지막을 가장 아름답게 장식한다.

꽃나무는 꽃술을 벌의 놀이터로 내주면서 탐스러운 열매를 맺으려고 찬란하게 뽐내던 꽃잎마저 지운다. 사람도 황혼기를 맞이하면 노년이라는 그늘에서 벗어나 정신을 가다듬어 멋진 삶으로 마무리해야 한다.

사람의 황혼기도 저녁노을처럼 아름답게 세상을 수놓아 원숙하고 여유로운 삶을 볼 수 있다. 저녁노을처럼 아름다운 인생의 황혼기를 맞이하려면 늘 사랑을 가슴에 담고 덕행에 힘써야 한다. 황혼은 어둠을 밝히려는 빛이 아니라 지나온 시간을 얼마나 청명하게 다듬고 얼마나 보람 있는 삶을 살았느냐를 신선하게 그려내는 후광이다.

젊음의 후광을 아름답게 장식하는 인생이란 똑같이 빛을 발산하는 것은 아니다. 젊은 시절을 얼마나 덕행을 쌓으며 살았으며 얼마나 감사한 마음으로 사랑하였으며 얼마나 넉넉한 마음으로 이웃과 동행하였는가에 따라 아름답고 찬란한 빛깔로 나타난다.

어떤 사람은 육체적 고통이 아니라 심적 절망으로 얼굴에 평화스러움이 없고 넉넉하게 늙어가는 모습을 찾아볼 수 없다. 이들에게는 황혼이라는 어휘가 어울리지 않고 고통 받는 늙은이 정도로 치부할 수밖에 없다. 이들은 새로운 세계를 갈망하는 열정이 없는 삶이었다.

만약 내가 다른 이의 마음속에 새로운 세계를 열어 줄 수 있었다면 그에게 있어 나의 삶은 결코 헛되지 않았을 것이다. 자신의 운명을 사랑하는 자만이 다른 이의 아픔을 내 것으로 여기며 동행할 수 있다.

당신을 괴롭히거나 분한 마음을 갖게 한 사람이라도 용서하고 동행하는 지성을 발휘해라. 만약 용서할 수 없다면 모든 것을 훌훌 털고 차라리 잊어버려라. 역지사지易地思之라는 말은 단순하게 입장을 바꾸어 생각하라는 의미만을 담고 있는 것은 아니다. 새로운 사고思考로 상대를 포용하라는 의미가 강하다.

중후한 인품을 가진 사람은 자신을 드러내지 않아도 향기를 풍긴다. 이러한 사람은 익어가는 과일처럼 안으로 달콤한 맛을 지니며 밖으로는 넉넉함이 넘쳐 포근하게 안기고 싶은 모습을 보인다. 저녁노을처럼 구름을 헤치고 빛나는 황금색으로 황혼기를 장식하는 사람이다.

요즘은 100세 인생이라는 노랫말에서도 과욕이 넘치는 말을 아무 느낌 없이 사용한다. 그러나 나이만 채운다고 어른이 되는 것은 아니다. 저녁노을처럼 아름다운 빛깔로 인생을 장식하려면 얼굴에 평화스러운 윤기와 해맑은 웃음이 가득해야 한다. 그리고 마음은 온갖 번뇌와 욕심에서 벗어나는 너그러움이 사랑으로 매듭지어 나타나야 한다.

자연은 누가 가꾸지 않아도 늘 새로운 세상으로, 새로운 모습으로 탄생되며 사람들은 그 신선함에 탄성으로 보답했다. 진화하고 발전한다는 어휘로 학자들은 단순하게 표현하지만 자연은 나름대로 인고의 세월을 겪으며 변화한 모습이다.

노을은 언제나 저물녘이면 아름다운 모습으로 나타난다. 때로는 태풍이 세상을 덮치거나 장마로 구름 뒤에 모습을 감추고 바로 어둠이 깔리는 때도 있다. 인생사도 이와 다르지 않다. 분노와 번뇌로 화평한 마음을 빼앗기고 얼굴에는 넉넉하고 여유로운 정감을 찾아볼 수 없을 때가 많다.

저녁노을은 오늘을 보내는 마지막 인사이다. 곧바로 어둠이 찾아온다고 해도 노여워한다거나 슬퍼하지 않는다. 어둠이 걷히고 나면 새로운 아침을 맞이하는 희망을 품고 충만한 기다림으로 잠든다. 우리 인생도 저녁노을과 같은 황혼기를 맞이하더라도 희망을 가슴에 품고 신사고新思考로 정진하는 여유로움이 있어야 한다.

노을은 황금색이 아니면 붉은색으로 하루의 마지막을 찬란하게 마감한다.

우리 인생도 황혼기를 넉넉함과 포근함으로 이웃을 감싸 안으며 행복이 기다리는 삶으로 장식해야 한다. 사람들은 기쁘고 즐거운 개인의 역사만을 간직하며 저녁노을이 황금색으로 세상을 아름답게 채색하듯이 아무 어려움 없는 일생을 살아오는 것은 아니다.

누구 할 것 없이 인생이라는 굴레를 지나면서 쓴맛, 매운맛 다 마시면서 행복이라는 곳을 찾아 힘들게 살아오고 있다. 신고<sub>辛苦</sub>의 고달픔을 강인한 정신으로 이겨내며 가슴에서 피는 저녁노을을 기다린다. 오늘보다 내일은 보람찬 하루가 기다리고 있을 것이란 젊음에 뒤지지 않는 열정을 가졌다면 행복은 멀리서 기다리지 않는다.

저녁노을은 세상을 찬란한 빛깔로, 때로는 가슴에 간직하고픈 이야기를 추억이라는 빛깔로 물들이지만 인간은 가슴에서 피어나는 노을을 기다린다. 노을이 피는 가슴은 여유로움과 넉넉함이 녹아 있는 사랑이 얼굴 가득이 번진다. 그것이 인간다운 빛깔이며 원숙함이 몸에 배어 풍기는 황혼기를 맞이한 사람의 빛깔이다.

# ●주머니 속의 행복

모두가 가장 바라는 것으로 행복한 삶을 제일 첫 번째 순위로 꼽는다. 그러나 진정 원한다고 행복이 모습을 나타내지 않는다. 자신도 모르는 사이에 우리 곁에서 슬그머니 기다리고 있는데도 우리는 무심히 지나치기 일쑤다.

행복은 뚜렷한 모습으로 나타나는 법이 없다. 행복은 형체를 나타내지 않는 대신 마음으로 느끼는 만족한 생활이 행복의 이미지이다. 형체나 뚜렷한 실체가 없으므로 내 곁에 잡아 두려고 해도 잡을 수 없지만 어느 순간 내 곁에 와 행복한 웃음을 머금게 한다.

생활의 만족감이나 넉넉한 마음가짐에서 이루어지는 삶을 행복이라고 하는가 하면, 사랑으로 이웃을 섬기고 신선한 마음으로 자신을 다듬으며 자아실현의 기틀을 마련한다면 행복을 위한 바람직한 모습이라고 할 수 있다.

인간의 정서는 실체가 없다. 행복은 인간의 정서 가운데 기쁨과 즐거움, 사랑과 인자함, 넉넉함과 여유로움 등과 동화되어 우리의 가슴에 슬며시 안긴다. 실체가 없는 인간의 정서에 동화되어 나타나는 행복이기에 뚜렷한 모습으로 자신을 드러내지 않고 각자의 마음에 느낌만을 전달한다.

우리는 삶의 만족스러움을 느낄 때 행복하다고 한다. 이러한 생활은 가만히 앉아서 기다려서는 언제나 이루어지지 않는다. 간단한 생각이지만 인생이란 노력하는 자에게만 만족스러운 결과가 나타나며 그것이 바로 행복으로 이르는 길이다.

인간은 이상향을 선호한다. 동양에서는 무릉도원을 말하는가 하면 서양에서는 유토피아Utopia가 인간이 가장 바라는 고향으로 그곳이면 행복이 충만한 세계라고 믿는다. 그러나 이러한 세계는 인간 최고의 가치로 기대하는 곳일지는 모르나 실제로 존재하지 않는 가상의 세계이다.

오히려 사막을 횡단하는 대상들에게는 목마름을 해결해 줄 수 있는 샘이나 비옥한 담수원淡水源이 있는 오아시스가 이상향이 될 수 있다. 생사를 넘나드는 사막에서 대상들이 담수원을 만나는 것만큼 더 큰 행복을 찾을 수 없을 것이다.

나는 가끔 정초 때에 아이들에게 달아주는 복주머니와 비슷한 행복주머니를 하나씩 달아주면 고맙겠다고 생각한다. 살아가면서 삶이 고달프고 불행의 늪에서 헤어나지 못할 때, 주머니를 열고 행복을 하나씩 꺼내보면서 인생을 달래가며 살았으면 얼마나 좋을까 생각한다.

우리 선인들은 아이들에게는 복을 많이 받으라고 복주머니를 달아주지만 인생의 의미를 체험한 성인들에게는 그런 것이 없다. 그것은 살아가면서 행복을 찾아 수행하라는 의미이다. 인간 최대의 행복은 규칙적인 생활과 늘 근신하는 마음으로 자신을 다스리는 일이다.

스위스 사상가 카를 힐티Carl Hilty는 그의 저서 『행복론』에서 행복에 이르는 외적인 길에는 부와 건강, 명예, 예술 등이 있으며 내적인 길에는 양심과 덕성, 사랑, 종교, 위대한 사상 등을 생각할 수 있다고 했다.

동양 철학에서는 힐티의 내적인 면을 더 친근감을 가지고 대한다. 심성이 아름답고 심오한 덕성이 개인의 인격을 순화시켜 자아실현의 길을 열어 주고 이웃 사랑의 지혜를 마음으로 느끼는 것이 행복이다.

행복은 탐구의 대상이거나 오직 하나의 해답만을 추구하는 진리의 영역에 속하는 학문이 아니다. 행복은 자연히 다가오는 것으로 느끼는 사람마다 폭과 깊이가 다르다.

행복은 사람마다 세상살이의 만족도가 다르듯이 받아들이는 사람의 마음에 따라 작은 것도 크게 다가설 수 있고, 큰 것에도 환희에 찬 마음 씀씀이보다 별다른 의미를 부여하지 않을 수 있다.

현명한 사람은 큰 불행도 미미하게 지나칠 수 있게 마음을 다스리는가 하면 어리석은 사람은 작은 불행을 확대해석하여 고통과 고민으로 자신을 병들게 한다.

불행은 행복의 상대적 개념으로 세상살이에서 가장 많이 겪

는데도 이미지 자체를 달갑게 여기지 않는다. 프랑스 작가 발
자크는 불행은 불행으로서 끝을 내는 사람은 지혜가 없는 사
람이므로 하나의 새로운 출발점으로 이용하는 사람이 되라고
했다.

　행복주머니가 필요한 것은 불행을 만나서도 새로운 출발을
하려는 사람에게 힘이 되고 지혜로운 기운을 주기 때문이다.
주머니 속에서 한가로운 시간을 보낼 필요가 없이 항상 새로운 도전의 의지를 넘겨준다.

　인간의 마음은 바로 행복을 담아 두고 필요할 때 하나씩 꺼내 인생살이의 올곧고 바른 길로 안내해 주는 주머니이다. 그 주머니에는 잡다한 생각도 함께 담겨 있어 우리는 하루도 건너뛰는 일없이 정진하고 신선한 생각으로 번뇌를 하나하나 지워나가야 한다.

　곧은 생각, 신선한 정신, 참된 진리, 정진의 자세, 사랑과 믿음이 바탕이 된 마음에는 행복이 함께하며 넉넉하고 풍족한 삶이 있다. 행복은 선경仙境이나 비경에 존재하지 않는다. 우리와 늘 이웃하는 세상살이거나 우리 마음의 행복주머니에 있다.

# ● 아카시아 꽃향기

노란 개나리가 3월을 장식하며 밝은 마음을 보태고, 4월은 화사한 벚꽃이 슬쩍 스치는 바람에도 꽃잎을 지우며 꽃비를 내린다. 5월은 아카시아 꽃향기가 세상을 수놓는 계절이다. 아카시아 꽃은 그윽한 향기로 벌을 유혹하여 인기 좋은 꿀을 생산한다.

아카시아 꿀은 맛과 향기가 진하지 않고 은근하며 맑고 깨끗하다. 진득하지 않고 산뜻하여 입맛에 맞아 모든 사람이 즐긴다. 우리가 즐기는 아카시아 꿀은 양봉으로 얻는다. 우리가 채취하는 꿀의 대부분을 아카시아 꽃에서 얻고 있어 양봉산업의 중심이라 할 수 있다.

포도송이처럼 주렁주렁 매달려 있는 흰색의 맑고 청초한 아카시아 꽃송이는 화려하지 않지만 깨끗한 마음을 뽐내고 있다. 요즈음 가는 곳마다 연두색 잎사귀에 싸여 흰 빛깔의 아카시아 꽃송이가 초여름 더위를 씻어주는 느낌을 준다.

신선함과 깨끗한 이미지로 아카시아 꽃말도 우정友情이다. 참신하고 맑고 깨끗한 꽃송이를 대변하는 것 같아 우리도 지란지교芝蘭之交의 우정을 간직하고 기쁨과 즐거움만 있는 이웃을 만난 듯하다.


아카시아는 원래 아까시라고 불렀는데 발음이 일본어와 비슷해 일제의 잔재라고 하여 외래어 표기법에 따라 아카시아라고 한다. 그러나 원래의 이름은 아까시가 맞다고 하며 나이 지극한 분들은 지금도 아카시아보다 아까시라고 말해야 친근감을 갖는다.

아카시아는 신토불이 토종 나무가 아니다. 일본이 우리나라를 수탈하는 과정에서 소나무를 남벌하면서 산사태가 우려되자 응급 산림 복구용으로 들여온 것으로 북아메리카가 원산지이다. 생존하는 힘이 왕성해서 산성화된 땅에서도 즉시 뿌리를 내리므로 특별히 관리하지 않아도 잘 자란다.

　사람들은 잘한 공功보다 잘못된 과過에 치중하는 때가 많다. 아카시아 나무가 악착같이 뿌리를 내리고 쉽게 뻗어나가는 것은 일제의 침탈을 상징한 것이라고 문제를 제기하기도 한다. 그러나 생존하는 힘이 왕성하여 산림을 복구하는 데 도움을 준 것도 알아야 한다.

　해방 후에는 정부가 주동이 되어 민둥산에 아카시아 나무를 식재했다. 아카시아를 택한 것은 놀라운 복원력과 왕성한 생명력 때문이었다. 민둥산에 아카시아 나무 심기를 권장한 또 다른 이유는 꿀 생산력을 들 수 있다. 우리가 채취하는 꿀의 70% 이상을 아카시아 나무에서 얻는다.

　아카시아에는 장난스러운 추억을 간직한 사람도 많다. 잎사귀가 달린 가는 줄기를 꺾어 이파리를 똑같이 한 후 내기 게임을 해서 이기는 사람이 이파리 한 개씩 떼어내고 마침내 줄기만 남는 사람이 이기는 게임이었다. 이는 추억의 한 단면이며 세월의 흔적이다.

내가 다니던 학교 옆 동산에는 아카시아 나무가 지천이어서 교문을 벗어나 아카시아가 벗하는 산책로를 따라 등·하교하던 추억이 있다. 코끝을 스쳐오던 아카시아 꽃향기는 아직도 내 마음속에서 아름답다는 이미지로 남아 지워지지 않는다.

감성이 풍부하던 시절이라 인상도 워낙 컸던 탓에 향기가 그윽하다든가 산뜻하다는 후각적 질감보다 아름답다는 시각적 채색이 더 어울릴 것 같아 지금도 이 표현을 마다하지 않는다.

아카시아는 야산이나 구릉에 많이 자생한다. 산사태가 날 만한 곳에 사방공사砂防工事를 하면서 집중적으로 식재했던 탓인지 아카시아 꽃이 주렁주렁 매달려 꽃 잔치를 이루는 풍경이 가히 볼 만하다. 덩달아 이팝나무도 꽃바구니를 이고 춤사위에 젖는가 하면 향기에 취한 꿀벌은 친구가 되어 노래를 부른다.

요즘은 도시화 물결에 따라 자연 생태계도 많은 변화를 가져와 아카시아 나무도 점차 자취를 감추고 있으나 지금도 5월이면 아카시아 향기가 향긋하고 아름답게 스쳐오면 그렇게 좋을 수가 없다.

초록의 산야에 낭만이 넘쳐흐르는 자연의 축제는 싱그러움으로 젊음을 유혹하는데 아카시아 꽃은 맑음 하나로 비교를 허락하지 않는다. 사람들은 스치듯 지나면서 마음으로는 흐뭇한 품성으로 자연과 동화되는 모습이다.

상큼한 향기는 진하지 않은 것이 오히려 마음을 다독이며 꽃 가까이 다가가고 싶어진다. 꿀벌은 달콤한 향기에 마음을 빼앗기며 꽃송이마다 자취를 남겨 겨울 양식 준비에 여념이 없다.

꿀벌뿐만 아니라 매캐한 매연에 찌든 도시를 떠나 한적한 시골길을 걷다가 훅 불어오는 바람에 실려 잠시 머물다 가는 아카시아 향기는 숨을 멈추게 하고도 남는다. 5월이면 아카시아 나무는 지나가는 사람에게 자연의 신비감을 안기며 이팝나무와 어울려 은근하게 스치는 바람에도 춤사위를 안긴다. 자연은 늘 그랬던 것처럼 자신을 자랑하는 일이 없이 남을 위해 자신을 불태운다. 아카시아 향취는 그리워하는 사람을 위해 향기를 뿜내며 겉으로는 아름다움을 선사한다.

# ● 너울성 파도를 잠재우며

바다는 바람 따라 산처럼 넘쳐나는 너울너울 파도를 일으키다 요란한 소리를 내며 흰 포말을 뿜어내고 바위를 때린다. 백사장으로 넘치는 물기둥을 바라보며 경외감을 감출 수 없다. 태풍이 이웃해서 지나가고 있다는 알림이겠지만 당찬 기개가 젊음을 보는 것 같다.

인간도 때로는 너울성 파도를 닮아 격한 감정을 분별없이 쏟아내기도 한다. 자기 정체성이 확립되지 않은 질풍노도기疾風怒濤에 젊음을 과시하기 위하여 흔히 나타나는 현상이다. 그래서 젊었을 때에는 천방지축天方地軸 젊음이 발산하는 방향을 가늠

하기 힘들다.

바다는 언제나 거센 풍랑에 매몰찬 소리만 뿜어내며 거친 물결만을 연상시키는 곳은 아니다. 호수와 같은 잔잔한 물결을 선보이는 바다도 만날 수 있으며 모두가 밑으로 가라앉은 듯 소리도 없다. 때 묻지 않은 포구를 바라보면 고깃배 몇 척이 주인인 양 버티고 떠 있지만 바다는 바람 한 점 타지 않은 듯 조용히 울렁이고 있다.

사람의 일생도 변화무쌍變化無雙한 바다와 닮은 점이 많다. 더구나 나는 운 좋게도 바다와 호수를 이웃하며 살아오면서 내 삶의 철학도 바다에서 얻는 것이 한두 가지가 아니다. 나는 수영을 배우다가 너울성 파도에 휩쓸린 후로는 아예 물을 가까이하지 않았다.

먼 바다로부터 거친 흰 물살을 가르며 다가오는 파도는 한시도 멈춤이 없이 밀려와서 백사장을 적시는가 하면 다시 밀려나가는 광경이 아름답다. 반대로 지진이나 태풍을 만나면 바닷물이 넘쳐나며 해안을 무자비하게 할퀴고 인간의 삶을 순식간에 바꾸어 놓기도 한다.

인간은 자연의 위대함을 배워야 한다. 자연은 조용하고 아름다운 경관만을 보여주는 것이 아니다. 나름대로의 순리에 따라 온갖 풍상을 인간에게 보여준다. 인간도 자연의 한 조각에 불과하다고 일러 주며 자연의 순리에 순응하는 자세를 배우라는 것이다.

인간도 자연의 순리를 따르지 않으면 재앙이 기다린다. 사람들은 오늘 손 놓고 놀고 있어도 내일은 늘 발전하는 역사의 순리를 따른다고 자신을 변명한다. 역사는 자연의 순리에 따르는 것이지 자연이 역사의 순리에 따르는 것은 아니다.


바다는 우리에게 상쾌한 멋을 선사한다. 피로한 기색을 보이는 인간과는 달리 수평선까지 한눈에 들어오는 푸른 물결은 어디 한 곳에도 그늘진 곳이 없다. 푸름 자체가 청신하지만 희망과 어울리기를 즐기며 어둡다거나 우울한 심성은 곁에 두기를 싫어하는 대신 보는 사람에게 활력을 충전시켜 준다.

사람들은 시원스레 확 트인 넓은 바다를 바라보는 것을 좋아한다. 가다가 파도가 굽이치는 곳에서 서핑surfing을 즐길 수 있는 곳이면 직접 참가하지 않아도 탄성을 보낼 만하다. 나도 마음으로는 직접 서핑을 하듯 마음을 졸이기도 하고 파도를 타고 넘으면 탄성을 발하기도 한다.

바다는 인간의 심성과 같은 맥락을 지니고 넓은 틀에서 보면 인간도 자연에 해당한다. 다만 인간은 이성을 가지고 있어 자기 마음을 고집스레 자연에 빗대려 하는 것이 다르다. 그러나 바다도 인간이 감정을 나타내듯이 온순하고 천진스러움이 있는가 하면 격노하면 무서움이 앞선다.

사람도 타오르는 격한 감정을 잠재우고 편안한 자세를 돋보이는 완숙미를 보일 때가 있다. 자신을 다듬고 성찰하는 자세를 생활 철학으로 간직하며 감정의 폭을 좁히면 인간도 바람을 타지 않는 조용한 바다를 닮는다. 그러나 바다가 너울 파도에 격한 물살을 사정없이 육지로 밀어내듯이 인간도 이성을 잃는 경우가 많다.

하늘을 찌를 듯 너울너울 넘치는 파도의 기세는 보는 사람의 마음에 기개를 심어 괜스레 들뜬 심성을 북돋운다. 바다는 너울이 넘쳐야 씩씩한 젊음을 호기 있게 펼치는 정경을 만끽할

수 있게 한다. 넓은 바다가 호수와 같이 잔잔하다면 바다가 인간에게 베푸는 기개와 혁신을 얻을 수 없다.

　하해河海와 같은 마음이라는 말이 있다. 사람의 마음이 강과 바다와 같이 넓고 너그럽고 깊다는 말이다. 사람은 아량이 넓고 사랑이 두터워 너그러운 마음으로 이웃을 사랑하는 세상살이를 이루어왔다. 바다를 바라보는 사람들의 마음을 재치 있게 다듬어 주는 힘을 받아 이루어졌다.

바다는 처음부터 넓고 깊었던 것은 아니다. 작은 물줄기라고 탓하지 않고 받아들였던 것으로 '하해불택세류河海不擇細流'라는 고사성어가 이를 대변한다. 모든 사람을 사랑으로 받아들여 성공할 수 있다는 인간의 세상살이를 빗대어 말해 주고 있다.

넓고 푸른 바다는 인간의 심성을 아름답게 꽃피운다. 간혹 너울성 파도가 우리의 심기를 건드리지만 긴 시간 속에서 보면 작은 틈새일 뿐이다. 바다는 언제, 어디서 만나도 인간의 심성을 차분하게 진정시키는 힘이 있다. 항상 희망을 품게 하는 푸름이 있고 멀리서 밀려오는 파도는 활발하게 움직이라는 지혜로 우리를 맞이한다.

# ● 생동감을 얻자

세월이 시간을 앗아간 후에 만난 사람들의 환담 주제는 대부분 건강과 행복한 삶이다. 나도 어느덧 그러한 세대에 동참하게 된 자신을 발견하곤 시간의 덧없음에 엷은 미소로 마음을 달랜다. 세월의 흐름은 덧셈으로 나이를 안기면서 노년은 슬픈 것만이 아니니 생동감을 얻으라는 질책이다.

나이가 들면 모든 것을 받으려는 마음부터 버리고 베풀며 살면 정신 건강에 좋다. 우리는 늘 젊음과 함께 머물러 있는 것이 아니라 나이가 들면 활력부터 노쇠한 현상에 젖는다. 그렇다고 의기소침意氣銷沈한 생각에 물들면 삶의 의미마저 잃어버리는 인생의 실패자가 된다.

　노년은 인생의 끝자락이 아니라 살아오면서 거칠고 생경한 삶을 사랑으로 감싸고 다듬어서 나타나는 원숙미를 자랑으로 여기는 세대이다. 온화한 마음이 밑에서 받치고 정겨움과 믿음으로 이웃과 웃음을 나눌 수 있는 세대이다. 이러한 세대와 즐거운 인사를 건네는 아침이면 더욱 좋다.

　나는 교장 동기생들과 20년 넘게 한 해에 두 번씩 만나는 기회를 갖는다. 금년에도 아카시아가 흐드러지게 피는 5월에 만났는데 겨우 여섯 명이 모였다. 서른세 명이 첫 모임을 가졌으나 그동안 유명을 달리한 분도 있고 개인 사정으로 이제는 열네 명 정도가 참가한다.

　불참한 사람은 개인적인 사정도 있지만 바깥출입이 어려운 이가 대부분이었다. 인고의 세월을 자신보다 가족을 위해 헌신한 세대인데 건강이 나이와 비례하며 자신마저 활기찬 모습에서 벗어나고 있었다. 모두에게 화두의 우선으로 등장하는 목록이 건강이었다.

　건강은 우리들 세대만의 바람이 아니다. 서양 속담에 "재산과 명예보다 인간의 가장 큰 행복은 건강한 삶"이라고 했다. 동양 사상도 오복五福이라 하여 인간의 가장 큰 행운을 다섯 가지로 나누고 최우선 가치로 건강을 들고 있다. 결국 건강이 인간의 절대적 가치임을 나타내고 있다.

인간의 가치가 건강이라고 하지만 늙음은 세월의 힘을 이기지 못한다고 한다. 세월이 지나면 어쩔 수 없이 인간은 노년이라는 짐을 지게 된다. 이 짐을 홀가분하게 질 것인가 무겁고 지친 모습으로 질 것인가는 어쩔 수 없이 나이를 먹는 세대의 몫이다.

늙는다는 것은 곧 생기를 잃는 것으로 나이를 탓하지 않고 활력 있는 삶을 찾아야 한다. 생기란 보편적으로 동면에서 깨어난 식물이 봄이면 싱싱한 색깔을 띠며 활력을 찾는 힘찬 기운을 말한다. 우리 세대들도 나이를 탓할 것이 아니라 동면에서 깨어나 활력을 찾는 지혜로운 삶을 이어가야 한다.

세상의 모든 것은 시간이 지나면 젊었을 때 보여 주었던 활기를 뒷전으로 미루고 현상에 적응하려고 노력한다. 사람도 하루가 다르게 혁신적인 자세에서 소극적으로 변해 간다. 열정이 사라진 것은 젊음이 지나간 자리로 자연스럽게 찾아온 뒤안길이지만 삶의 멋은 있어야 한다.

  사람들은 누구나 자신의 분야에서 나름대로 삶의 멋을 나타내며 살아온다. 그것이 예지적이든 아니면 예술적 삶이었다고 해도 자신이 최고의 가치로 생각하며 살아왔다. 모임에 참석한 사람들도 이 범주에서 벗어나지 않았다고 본다. 젊었을 때는 누구보다도 자신의 분야에서 주목을 받던 사람들이다.

  다른 사람의 선망 대상이었던 자신의 삶이 점차 빛을 잃기 시작한 것은 삶의 활력인 생기를 은연중에 버린 결과이다. 우리는 자신이 늙었음을 잊고 다른 사람의 성장을 웃음으로 넘기는 때가 많다. 웃음으로 넘길 일이 아니라 삶의 생기를 찾아 동분서주할 때가 아닌가.

  시간은 어느 누구에게나 고르게 다가서고 있다. 나이를 핑계로 허송세월로 보낼 것인가 생기를 불어넣는 혜안을 갖출 것인가는 여유로운 시간 분배에 달려 있다. 지나온 시간들을 헛되지 않게 참신하고 진실이 살아 숨 쉬는 혁신적인 마음가짐으로 일했다면 나머지 시간들은 밝고 값진 모양새를 갖출 것이다. 오늘은 결코 무미건조한 일상이 아니라 더욱 정진하는 시간이다.

사람들은 오래 사는 것을 최대의 행복이라고 한다. 지금은 장수長壽시대라고 하여 오래 사는 것을 인간 행복의 첫 순위에 놓는다. 그러나 삶의 질은 고려하지 않고 수명의 길이만을 늘이려고 한다. 행복은 삶의 길이로 헤아리는 것이 아니라고 본다. 오래 살 되 삶의 평화, 안정감이 고르게 번지고 삶의 정서가 이웃하는 사랑이 있는 세상살이가 행복이라고 본다.

비록 여섯 명이 독백처럼 엮어간 이야기였지만 나이를 탓하지 않고 세상살이를 양념처럼 섞으면서 나눈 이야기는 결국 건강한 삶이었다. 나이를 잊은 세대마냥 소리를 높이던 기상은 뒤에 숨겼지만 오늘을 사는 젊은 세대의 역겨움을 냉철하게 비판하는 소리가 더 달갑게 들렸다.

생기가 엿보이는 모습이 몸은 지쳤지만 마음은 생기발랄한 모양이다. 어느새 우리도 몸은 늙었지만 마음은 청춘이라고 외치고 싶은 세대에 살고 있음을 실감한다. 바로 그것이다. 활동은 뜨악하더라도 마음은 신선한 생각으로 생기 있는 모습이 우리가 갖추어야 할 기상이다.

  늙음은 자랑이 아니지만 패배자도 아니다. 세상살이의 선배로
서의 의지가 단단한 삶의 지혜를 간직한 선지자先知者이다. 인생
의 보람을 간직한 든든한 선각자의 자세를 간직해야 한다.

# ● 푸른 구름과 행운

여름이 익어 가면 하늘에는 구름이 꽃그림을 그리며 피어난다. 아침녘 해돋이, 해넘이가 지는 서쪽 하늘에는 한결 아름다운 채색으로 세상을 꾸민다. 이상하게도 해돋이나 해넘이가 가까워지면 현란하게 물들인 구름이 친구가 되는 모습에서 어쩌면 구름이 먼저 아름다운 잔칫상을 마련하는 듯하다.

우리나라는 세계에서 가장 청명하고 산뜻한 푸른 하늘을 자랑하며 다른 나라 사람들의 부러움을 사고 있다. 자연은 우리에게 수려한 강산뿐만 아니라 늘 희망이 가득한 청남색의 하늘도 아울러 선사한다. 사람들은 마음에 티 한 점 없는 하늘을 안으며 맑고 깨끗한 심성을 닮아간다.

맑은 날의 하늘은 푸른색을 띠어 영어로는 Blue sky라고 부르며 인간의 고귀한 영혼을 상징하는 것으로 인식되기도 한다. 우리는 이런 하늘을 창공蒼空 또는 창천蒼天이라 한다. 구름 한 점 없는 푸른 하늘은 신선하고 바라보는 이의 마음을 영롱하게 하며 인간의 삶까지 싱싱하게 물들인다.

하늘은 인간이 영원히 간직하고픈 고상한 기상을 자랑한다. 사람들은 언제부터인가 하늘을 신성시神聖視하고 있다. 전통적으로 우리네 어머니들은 가족의 안녕이나 행운을 하늘을 향해 기원하였다. 나도 그런 어머니를 보면서 그저 당연한 인간 삶의 한 방식으로 알고 살아왔다.

지상을 관장하는 자는 인간이지만 하늘은 신앙의 세계로 크리스천에게는 하느님의 성령聖靈이 관장하는 성스럽고 사람들이 추앙하는 신령스러운 믿음을 받아들이는 세계이다. 따라서 하느님과 믿음을 간직한 자만이 서로의 마음을 교환할 수 있다.

넓고 광활한 하늘은 사람이 감히 관장할 수 없다. 우리나라도 하늘을 종교적 대상으로 믿는 사상이 있다. '사람이 곧 한울님'이라고 믿는 천도교의 인내천人乃天 사상은 인본주의 사상이 철두철미하다. 사람과 하늘을 동일시한다기보다 하늘을 중시한다면 사람도 그에 버금간다는 사상이다.

나는 종교인이 아니다. 어떤 분야이건 거기에 심취하여 본 적은 없으나 살면서 나약한 인간의 가치를 뛰어넘는 절대자라든가 기도로서 인간의 영혼을 맑게 하는 대상을 그리기도 한다. 바로 인간적인 바람이겠으나 나도 아직은 뚜렷한 종교적 믿음이 없다.

하늘은 구름이 동행하며 아름다운 세상을 꾸민다고 했다. 짙고 어두운 구름은 장마가 아니면 태풍을 동반하여 인간 세상을 한바탕 휩쓸어 인간에게 자성自省의 기회를 주기도 한다. 자연은 나름대로의 운행으로 푸른 하늘에 높이 떠 있는 구름이 하늘을 닮아 푸른색에 동화되어 엷게 흐른다.

보편적으로 푸른색의 구름이 어두운 색의 구름보다 높이 떠 있다. 이런 구름을 사람들은 높은 하늘에 떠 있는 푸른 구름이라 해서 청운靑雲이라 한다. 고상하고 청신한 느낌을 주므로 사람들은 높은 지위나 벼슬을 비유적으로 이른다.

　우리는 푸른 하늘에 흐르는 구름을 청운靑雲이라 부르지만 그것은 푸른색의 구름이 아니다. 하늘 높이 엷게 흐르다 보니 푸른 하늘에 뜬 구름으로 푸른 하늘에 맞추어 그렇게 부르는 것 같다. 그것을 사람에게 빗대면 높고 높아 감히 근접하기 힘든 지위나 벼슬의 이미지로 귀결시켰다.

　높은 하늘을 가까이 하는 구름은 지상에서는 감히 근접할 수 없다. 그래서 우리는 청운의 꿈을 품고 품성을 수양하고 지혜로운 삶을 추구한다. 젊은이들에게 인격적 수양과 아울러 지성과 배움의 근간으로 이르는 말로 청운의 꿈을 실현하는 노력을 멈추지 말라고 충고한다.

　현대적 해석으로 청운의 꿈이란 자기계발로 창의적이고 혁신적인 자아실현을 위한 꿈이다. 꿈이란 희망이 있는 세계로 우연하게 찾아오는 행운이 아니라 자신을 신선하게 다듬는 마음에서 피어난다. 꿈이 없는 이는 창의적이지 못하고 미래지향의 혁신적 의지가 없다.

　청운의 꿈을 이룬 사람들은 행운이 동반하는 기회가 있다. 행운은 슬그머니 찾아오는 것이 아니라 자신의 뼈를 깎는 노력이 있어야 한다. 청운의 꿈은 조직사회에서 가장 바라는 희망이며, 오직 이것 하나만을 위해 일생을 바치는 젊은이들은 삶의 의미도 이 꿈의 실현에서 찾으려 한다.

행운은 고마움을 동반한다. 사람들은 살아가면서 누구나 영광스럽고 행복한 기운이 자신에게 찾아오기를 고대한다. 때로는 조상에게 기도를 올리며 조상의 운기가 자신에게 뻗쳐주기를 간절하게 소망한다. 그러나 그것은 자신의 소망이지 조상의 음덕陰德에 의해 이루어지는 것은 아니다.

나는 가끔 밤하늘의 별들이 열은 구름을 뚫고 쏟아지는 망상에 젖기도 한다. 그 많은 별들 중의 하나가 청운의 꿈으로 변신하여 쏟아진다면, 그 별의 하나가 내 가슴에 닿는다면 어렵게 노력하지 않고도 내가 바라는 꿈을 쉽게 차지하지 않을까 염원하는 꿈의 세계에 젖기도 한다.

그러나 청운의 꿈은 노력과 고뇌, 그리고 정진하는 자세가 몸에 익지 않으면 쉽게 다가오지 않는다. 이 세상에서 우연하게 만날 수 있는 요행이란 없다. 요행이라고 여기는 행운도 무엇인가 인연이 닿아 자신도 모르게 그 인연의 주인공이 되었다면 그것은 필연적인 결과이다.

우리가 하늘 높이 떠 있는 푸른 구름을 청운의 꿈이라 부르는 이면은 그것이 높고 푸르면서 감히 보통 사람은 만질 수 없는 고상한 품격을 지녔음을 의미한다. 하늘을 신성시하는 사람들의 심성에는 엷게 펼쳐진 구름도 신선하고 고귀한 품격을 지녔으므로 그것을 따르려는 마음은 일반적이다.

청운의 꿈은 오랜 세월 우리 민족의 가시적이든 은밀히 간직한 기대감이든 젊은이들의 희망과 혁신적인 포부를 달성하고픈 마음을 자리매김하여 왔다. 젊은이들의 청신한 마음은 오직 현재 자신의 처지를 개선하고 보다 보람이 있는 생활을 달성하고픈 포부이며, 청운의 꿈을 달성하여 오늘보다 내일을 위한 새로운 세계를 맞이하려는 기대감이다.

앞뒤 산으로 둘러싸인 깊은 산속에서 바라보는 하늘은 오직 푸른색으로 포장된 작은 동네 하늘에 불과하다. 그러나 푸른 하늘은 소박한 꿈을 간직하고 있다. 나는 어려서부터 그런 하늘을 바라보며 살면서 으레 하늘은 푸르다고 생각하고 살았다. 그러면서 그러한 하늘을 바라보는 것만으로도 마음은 늘 기쁨과 즐거움이 있었다.

하늘에 떠서 다니는 구름을 바라보며 인간은 고귀한 품성을 기르며 푸른 하늘에 떠 있는 구름마냥 높은 지위가 다가오기를 기다리는 어리석음을 간직하기도 한다. 때로는 나도 언제인가는 청운의 높은 구름이 내 가슴에 안주할 것이라는 망상에 젖기도 한다.

사람들은 높이 떠 있는 구름을 연상하며 자신도 고귀한 신분으로 태어나기를 갈망한다. 낮게 깔린 검고 짙은 구름을 닮아가기를 희망하는 사람은 없다. 검고 짙다는 것은 어두운 빛깔로 그 속에는 아마도 암울한 그늘이 있을 것으로 추정하며 하늘이 검은 그늘을 벗고 밝게 빛나기를 바란다.

파란 하늘의 빛깔은 사람에게는 희망을 상징한다. 청운의 꿈을 그린다는 것은 바로 파란 하늘이 간직하고 있는 희망을 자신의 꿈으로 형상화하고픈 열의를 말한다. 하늘은 우주 전체를 관장하는 이미지로서 사람에게만 존재하는 것이 아니라 우주라는 테두리에서 관찰할 수 있다.

푸른 하늘, 푸른 구름은 우리 민족이 이루고자 하는 민족정신이다. 백의민족은 청신함을 말하고 청운의 꿈은 높은 지위를 얻고자 하는 혁신하려는 모습이다. 혁신하고 정진하는 모습에서 새롭게 태어나고픈 이미지를 발견할 수 있으며 그러한 사람만이 행운이 따른다.

　사람들은 하늘이 스모그나 미세먼지로 그늘을 만들지 말고 맑고 청명한 얼굴로 하늘 본래의 푸른 빛깔을 보여 주기를 바란다. 천진난만한 어린애의 얼굴로 간혹 푸른 구름이 장난기를 섞으며 동행한다.

# ●세월이 익어가는 소리

　무심히 흐르는 구름은 세월을 비켜가는 법이 없다. 그저 스치기만 하는 세월도 그림자 하나 남기지 않는다. 그런데도 세월은 인간에게 나이를 물려주면서 인간이 역사를 창조하는 데 조심스럽게 간섭한다. 그러나 인간은 자신의 나이를 헤아리면서도 세월이 익어가는 소리를 듣지 못한다.

　과일이나 곡식의 열매가 여물어진다는 뜻의 이 표현은 세월과는 그리 어울리지 못하면서 적절한 이미지로 다가서지 못하지만 시간은 만물을 여물게 한다. 사람이 나이를 먹으면서 성숙해지고 지혜로움을 얻는 현상은 아마도 세월이 익어가는 소리라고 자리매김할 수 있겠다.

세월은 조용히 다가오는 것이지 소리를 내며 지나가지 않는다. 사람들은 괜히 나이를 헤아리며 자신의 어제와 오늘을 잊고 언제 시간이 자신을 스쳐갔는지 목멘 소리를 한다. 세월은 언제나 한결같은 걸음으로 영원을 향해 한 걸음씩 걸음을 옮길 뿐 소리를 흘리지 않는다.

세월을 잊고 삶의 의미마저 깨닫지 못하던 시절에 우리는 그저 즐겁기만 했다. 시간이 더디게 지나감을 투정으로 원망하며 빨리 자라서 어른이 되는 것을 기다렸다. 어른이 되면 지혜로운 모습으로 모든 것을 해결할 수 있는 신적神的 위대함을 갖추는 줄 알았다. 그러면서 그동안 할 수 없었던 일들을 마음껏 펼치면서 인생을 즐길 수 있다고 믿었다.

스쳐가는 세월을 자신의 것으로 만드는 자만이 삶의 질을 향상시킬 수 있다. 속담에 "시간을 가진 자가 생명을 가질 수 있다who has time has life."라고 했다. 자신의 삶을 시간 속에 융해 내지 융화시켜 평화로움에 마음을 놓으라는 의미를 간직한다. 바로 세월이 익어가는 소리에 귀를 기울여야 한다는 마음의 소리이다.

시간은 모양을 나타내지 않으며 사람의 느낌을 이미지로 그려내고 있다. 계절마다 변하는 자연 현상을 이미지에 걸맞게 사람들은 아름다운 말로 꾸미기를 좋아한다. 벚꽃이 바람에 흩날리는 모양새를 꽃비가 내린다거나 무더위를 벗어나자 어느새 가을이 들녘에 내려앉았다는 등의 표현이다.

강물은 깊을수록 소리를 내지 않는다. 유유히 흐르는 강물은 움직임이 없어 호수를 바라보는 느낌이다. 세월도 깊이를 더할수록 강물을 닮아 소리를 죽인다. 세월 속에 자신을 묻으면 사람도 자연으로 돌아가 자신을 앞세우는 법이 없다. 우리는 자연으로 돌아가 세월이 익어가는 소리에 자신을 침작시켜야 한다.

사람의 나이와 세월은 상관관계를 유지하면서 동행한다. 아무리 현명한 사람이라도 시간의 흐름을 막을 수 없으며 세상을 피해 자연에 귀의한다 하더라도 인간관계를 떠났을 뿐이지 시간과 절연한 것은 아니다. 시간은 세월이라는 이름으로 우리와 동행하면서 나이를 선물로 남겨 둔다.

세월과 동행이라면 참된 삶을 가지려고 노력해야 한다. 인간의 삶은 수를 헤아릴 수 없을 만큼 갖가지 빛깔로 나타난다.

어떤 빛깔을 선택하느냐가 그 사람의 인생을 결정한다. 우리
는 나이가 들면 새로운 사고를 가지면서 삶의 들녘을 황금색
으로 물들이기를 원한다.

　요즈음 나이든 세대를 신사고 세대라고 한다. 아직은 젊음에
서 벗어난 세대가 아니고 새로운 세계를 창조할 수 있고 활발
하게 활동할 수 있다는 것이다. 그러나 나이는 속일 수 없다는
말처럼 들리던 어휘가 왕성한 활동을 뒤로 물리는 것은 어쩔
수 없다.

　사람은 평소에는 아무렇지 않게 여기던 나이인 서른이나 마
흔처럼 인생의 고개를 넘길 때마다 세월은 쏜살같이 지나간다
고 탄식을 흘린다. 바로 세월이 가슴 속에서 익어가는 소리라
고 할 수 있다. 인생은 유한하다는 구절이 새삼스럽게 다가서
는 것도 이때부터 실감하며 서서히 느끼는 때이다.

　인생의 고비마다 자신의 인생을 성찰하는 계기를 마련하여
나이에 맞는 어휘를 창안하여 마음에서 느끼는 세월이 익어가
는 소리를 듣는다. 성현들의 인생관이 모델이 되어 그에 맞는
삶을 자신도 그려보려 노력하는 사람이 많다. 모두가 참된 삶

을 살려는 노력이면서 사람이 사람다운 인생을 창안하려는 삶의 소리이면서 세월이 익어가는 소리이다.

신사고 세대들을 위한 인생 지침을 알리는 이야기가 많이 회자된다. 경험에 따른 지침으로 우리가 음미해야 할 것들이 많다. 나이가 들면 자신이 신세대 사고에 맞게 행동해야 한다. 베풂과 봉사의 정신으로 새로운 인생을 창조하고 어려운 고비를 만날 때마다 세월이 익어가며 자연스럽게 만나는 소리를 들어야 한다.

세월이 익어가는 소리는 기쁘고 즐거울 때에 들리지 않는다, 인생이 기쁘게 지날 때에는 들리지 않던 소리가 괴로움과 슬픔을 만날 때에 가슴으로 파고드는 소리이다. 사람들은 평화로운 마음을 간직하기를 원한다. 이를 위한 명약이 사랑이다. 세월이 익어가는 소리를 인지하면 베풂의 미학을 간직하고 사랑으로 나와 이웃을 정화하여 신선한 마음을 간직해야 한다.

# ● 열대야 熱帶夜

　지구가 온통 뜨거운 불가마로 찌는 듯 달궈지고 있다고 한다. 기상 이변은 세계 곳곳에서 일어나고 있다. 40℃를 넘는 곳이 있는가 하면 가뭄으로 메마른 땅에 산불이 일어나 온 마을이 잿더미로 변했다고 한다.

　미국 북캘리포니아에서는 계속해서 대형 산불이 일어나 여의도 면적의 20배가 넘는 면적을 불태웠다는 소식이다. 엄청난 자연 재해가 지구를 순식간에 불바다를 만든 것은 지구를 뜨겁게 달구는 가뭄도 그 원인의 하나로 치부되고 있다.

　이웃 일본은 태풍으로 물바다를 이룬 가운데 지진이 겹쳐 도시 전체가 폐허로 변했다는 소식이다. 우리나라도 기상관측이 시작된 이래 111년 만에 나라 전체가 열대성 더위에 생활에 불편을 겪고 있다.

계절이 뚜렷하여 그에 맞는 기온을 유지해 온 것이 우리의 자랑이었다. 그러나 이제는 봄과 가을이 점차 제 기능을 잃어 가고 있다. 아열대亞熱帶 기온을 닮아가고 있다는 소식을 매스컴에서 일상으로 보도하고 있다.

올해는 6월부터 기승을 부리기 시작한 무더위가 밤까지 이어지면서 모든 사람들의 일상을 바꾸어 놓았다. 잠을 이루지 못하는 열대야가 계속되면서 면역력이 약한 노약자들에게 심한 고통을 주며 밤잠을 설치면서 생활의 활력을 잃는 일이 계속되었다.

보통 해가 지고 난 저녁부터 기온이 낮아 밤이면 시원한 것이 일반적인 현상인데 25℃를 넘어 더위가 가시지 않으면 열대야라 이른다. 올해 우리나라는 한낮이면 35℃를 훌쩍 넘을 때가 있는가 하면 지방에 따라 40℃도 넘는 곳도 있어 밤인데도 식지 않아 열대야가 계속되었다.

열대야에 건강한 사람도 생활의 리듬을 잃을 때가 많았다. 사람은 밤에 숙면을 취해야 다음날 활발하게 활동할 수 있다. 활동을 멈추고 잡념을 멀리하며 취하는 숙면은 충분한 휴식을 준다. 그런데 열대야로 밤잠을 설치며 뒤척이는 것은 건강에 이롭지 않다.

나도 조심하려고 노력하였으나 무더위는 밤에도 식을 줄 몰라 건강에 지장을 가져왔다. 나이에 비례하는지 면역력도 떨어져 병원 신세를 져야 했다. 대상포진帶狀疱疹이 오더니 장염까지 겹쳐 병원을 찾게 된다. 심한 고통을 동반한다는 대상포진이 순조롭게 지나간 것만도 다행이었다.

대기 온도 및 해수 온도 상승에 따른 극단적인 기상 상황의 빈도가 늘고 있다. 이미 많은 사람들이 날씨의 변화를 예고했다. 이산화탄소 배출이 원인이라고 한다. 대기 중 이산화탄소 축적량은 바다 온도의 산성화를 더욱 부채질하여 바다 생태계를 파괴하고 있다.

학자들은 온실가스 배출을 줄이지 않으면 앞으로 30년 이내에 지구 온도가 0.6℃ 상승할 것으로 보며, 이 예측이 적중한다면 2040년이면 북극 얼음은 모두 녹아 버릴 것이라고 한다.

이는 급속한 지구 온난화와 계속되는 극단적인 기후 상황 때
문으로 엄청난 상황이 벌어질 것이라고 한다.

지금도 세계 곳곳에는 갑자기 폭설이 내려 혹한이 몰아치는
가 하면 겨울인데도 금방 봄 날씨로 변하고 있다. 끔찍스러운
가뭄이 끝나고 나면 엄청난 폭우가 쏟아지곤 한다. 이 모두가
인간이 자연의 철학을 배우는 노력을 외면한 결과이다.

해수면의 온도도 상승하고 있다고 한다. 지난 20년에 비해
벌써 2배에 가깝다고 한다. 이러한 흐름이 지속되면 해변의 수
많은 도시가 해일 피해의 위협에 노출되면서 바다 연안에는

사람이 살 수 없게 된다. 베트남과 방글라데시 두 나라가 대표
적이며 지중해 연안 및 미국 대서양 연안 주민 역시 피해를 비
켜 갈 수 없다고 한다.

해수면 온도의 상승은 곧 육지의 기온 상승을 가져오며 지구
의 기상 이변을 가져오는 주범이 된다. 자연은 언제나 한결같
은 모습으로 인간을 대한다. 반대로 인간은 문화의 발전과 문
명을 창출한다는 명목으로 자연을 훼손하고 있다. 세계의 기
상 이변은 인간이 자연에서 배워야 할 철학을 무덤덤하고 가
볍게 대한 일차적인 경고이다.

기온이 올라 인간의 면역력이 약해지는 현상도 자연을 풍요
롭게 대하지 못한 데서 유래되었다고 본다. 우리나라가 평소
의 기온을 유지하지 못하고 111년 만에 찾아온 무더위도 자연
이 주는 메시지이다.

평소 적절한 운동을 하지 않아 열대야를 이기지 못한다는 것
은 결과론적 추론에 불과하다. 세월이 흐르면 인간의 나이도
세월 따라 흐른다. 나이가 들면 젊음에 비해 자연히 면역력도
쇠약해지는 것은 자연의 이치이다.

네 계절이 뚜렷한 우리의 일상에서 점차 기온이 상승하고 있다는 메시지를 아직도 우리는 심각하게 받아들이지 않고 있다. 기온이 상승하는 현상을 무심히 지나칠 것이 아니라 사람도 그에 대한 대비가 있어야 한다.

　　면역력을 강화하려는 적절한 운동이 필요함을 절감한 한 해였으므로 보다 체력 단련에 힘써야 한다. 열대야에 밤잠을 설쳤다는 이야기는 자신을 변명하려는 의도에 불과하다. 보다 적극적인 삶은 변명으로 반감되지 않는다. 삶은 언제나 오늘이 아닌 내일을 위한 준비가 필요하다.

# ● 마음이 너그러운 삶

사람은 살아가면서 숱한 감정을 마음에 간직하며 생활한다. 만족한 감정에 몸을 맡기는가 하면 때로는 모자라는 마음이라도 참고 견디는 지혜도 발휘한다. 간혹 충족한 삶을 살면서도 만족함을 모르고 욕심에 젖어 자신을 파멸시키는 사례를 흔히 대한다. 마음이 너그러운 삶을 살지 못하는 사람들은 현실에 만족감을 느끼지 못하고 욕심에 마음을 빼앗긴다.

권필의 「창맹설倉氓說」에 나오는 지족보신知足保身이란 말이 있다. 족함을 알면 자신의 삶도 너그럽게 살아갈 수 있으며, 귀중한

몸도 지킬 수 있다는 뜻이다.

나라의 곳간 옆에 사는 백성이 있었다. 백수로 살면서도 저녁이면 다섯 되의 쌀을 가져오곤 했다. 나이 들어 죽게 되자 아들에게 일렀다. 창고에 작은 구멍이 있는데 작은 집게로 표가 나지 않게 다섯 되 정도만 가져오라고 일렀다. 아들은 욕심에 끌려 구멍을 키워 더 많이 훔치다가 창고지기에게 발각되어 죽었다.

구멍을 파는 것은 소인의 악행이다. 하지만 진실로 만족할 줄 알았다면 몸을 지킬 수 있었을 것이다. 현 세태를 대변한다고 볼 수 있다. 많은 재산을 가지고 있으면서 탈세를 한다거나 높은 직위를 욕심내어 부정을 저지르는 일은 현실에 만족하지 않기 때문이다.

욕심은 모자람을 채우고자 하는 욕망으로 구슬 아홉 개를 가진 자가 이웃에게 하나씩 나누어 주는 베풂보다 한 개를 더 얻어 구슬 꾸러미를 만들고자 하는 마음이다. 베풂은 너그러운 마음에서 출발한다. 나보다 이웃을 먼저 생각하는 마음에서 싹이 튼다.

봉사와 베풂은 이웃을 친절한 마음으로 사랑하고 그들의 모자람을 인지할 때만 이루어진다. 나만의 욕심은 자신을 만족시킬 수는 있지만 사람이 살아가는 맛이 없다. 서로가 서로의 욕심만 챙기면 세상은 삭막하고 이웃이 없고 사랑이 없는 쓸쓸한 세상살이가 될 것이다.

너그럽다는 것은 사랑이 바탕이 되는 마음 자세이다. 한자어로는 아량雅量으로 마음이 너그럽고 도량이 깊다는 이미지이다. 도량이 깊은 사람은 타인에게 피해를 주지 않는다. 항상 미소가 있고 마음씨가 곱고 사랑스런 마음으로 이웃하는 자세가 있다.

너그러운 마음을 가진 자는 불만이 없다. 가진 것만으로도 만족할 줄 알고 이웃의 모자람을 내 일처럼 생각하며 항상 나누어 가질 수 있는 넉넉한 마음을 보여 준다. 베풂은 남는 것을 나누어 주는 것이 아니라 자신도 모자람을 느낄 수 있다는 마음 자세이다.

「창맹설」에 나오는 이야기를 되짚어 보겠다. 작은 집게로 낱알을 끄집어내는 일은 무료하고 성이 차지 않는 일이다. 구멍을 크게 내면 한꺼번에 많은 쌀을 끄집어낼 수 있다는 생각은

욕심이다. 작으나 크나 나라의 쌀을 훔치는 일은 모두가 죄가
아니냐는 생각은 자신을 합리화한 변명이다.

현세를 성찰하면 자신을 합리화하는 일을 곳곳에서 발견할
수 있다. 남에게 큰돈을 받고도 대가성代價性을 운운하며, 합법
적으로 형성된 금액이 아니지만 문화 사업에 기증했다고 탈세
를 하며, 재산 형성에 기여한 바가 없는 어린이에게 고급주택
을 증여하는 일 등은 욕심의 산물이다.

이 세상은 욕심으로 형성된 것은 아니다. 인간의 많은 정서
가운데 욕심이 차지하는 영역은 한 가닥에 불과하다. 세상은
욕심과 같은 어두운 그림자만 있는 것이 아니라 참신하고 신
선한 기운에 하늘은 언제나 푸른빛을 선사하며 맑고 밝은 세
상을 우리에게 안긴다.
사람의 마음도 넉넉하고 너그러운 빛깔을 간직하며 이웃을
만나면 감사의 눈빛으로 인사를 나누고 언제나 친절하게 손을
마주 잡는다. 봉사는 스스로의 마음에서 자연스럽게 일어나는
사랑이다. 이 모두가 마음이 너그러운 삶의 빛깔이다.

　인간은 올곧고 정직한 삶을 간직해야 한다. 「창맹설」에서 작은 집게로 쌀 낱알을 꺼내는 것이나 큰 구멍을 내서 바가지로 쌀을 꺼내는 것이나 모두가 올곧고 정직한 자세가 아니다. 크든 작든 나라의 쌀을 훔치는 행위는 결국 자신을 파멸시키는 욕심의 산물이다.

　인자하고 자비스러움은 종교적이고 철학적 용어가 아니다. 우리가 세상살이를 하면서 겪어야 하는 생활의 지혜이다. 인간의 마음이 안정되고 평온한 세상살이를 하게 되면 평화로운 세상을 만날 수 있다. 마음이 너그러운 삶이란 평화로운 세상이다.

　서로 베풀고 산다면 다정한 이웃이 다가오며 어려움도 함께 나누며 지혜로운 세상이 될 것이다. 행복한 삶이란 욕심을 버리고 베풀며 모두가 하나로 되는 삶이다. 마음이 넉넉하다면 부족함이 없어 즐겁고 기쁜 마음이 활동의 활력소가 된다.

　마음이 넉넉하면 풍요로운 삶이 함께 노래하는 행복한 이미지를 형성할 것이다. 행복은 멀리 있는 삶이 아니라 늘 우리 주위에서 우리와 동행하며 서로를 이끌어 주는 삶의 동반자이다.

# ● 가을이 내리다

올해의 여름은 유난히 덥고 길었다. 열대야까지 겹쳐 밤낮이 찜통더위에 허덕이는 여름이었다. 열대지방에서처럼 하루 한 번씩 스콜squall이라도 내려 주었으면 하는 바람이 컸으나 자연은 인간의 바람을 외면하듯 비 한 방울 내려 주지 않았다.

가을의 문턱에 들어서자 태풍이 일본 열도를 통과하고 중국으로 통과하면서 우리나라에는 습기를 품은 열대성 기온이 함께하면서 장마가 세상을 물바다를 만들기 시작했다. 일기 예보에서는 국지성 호우라고 새로운 용어를 생산했다. 장마가 시작되면서도 더위는 식지 않았다.

필리핀에서는 강력한 허리케인 '망쿳'이 마을 전체를 휩쓸어 산사태를 비롯한 강물이 범람하여 몇 백 명의 사망자와 실종자가 발생했다는 외신들이다. 지구가 온통 요동치는 소동에 자연 재해가 세계 곳곳에서 엄청난 속도로 늘어나고 있다.

우리나라는 계절에 따라 활동 범위가 활발하기도 하고 추위와 더위가 기승을 부리는 때도 있지만 춘하추동 네 계절은 신선한 느낌을 준다. 봄은 만물이 소생한다고 하여 한 해의 시작을 알리며 온갖 꽃 잔치를 마련해 준다. 그중에서도 봄과 가을은 우리가 생활하기에 가장 좋다.

네 계절이 절기에 따라 순항하고 있는 이곳에 아직도 더위는 완전히 가시지 않았지만 가을을 알리는 풀잎에도 흰 이슬이 맺힌다는 백로가 지나면서 설악산에는 단풍이 내려앉기 시작했다고 한다. 무더위가 기승을 부렸다고 하지만 계절을 알리는 절기는 쉬어가는 법이 없어 가을이 내리기 시작했다는 소식이다.

가을은 활동하기 가장 좋다. 다가오는 겨울을 맞이하기 위해 아름다운 빛깔로 만물을 물들인다. 이 세상 모든 것은 마지막을 아름답게 꾸민다. 가을은 한 해의 결실을 맺는 계절로 끝맺

음을 알린다. 그래도 모자람이 남아 아름다운 빛깔로 오색 단
풍을 우리에게 선물로 준다.

　가을은 여행하기 좋은 계절이라고 한다. 청명한 날씨에 여행
하기 알맞아 국내뿐만 아니라 해외여행을 하는 사람들로 공항
이 붐빈다고 한다. 이제는 우리도 자신의 여가활동으로 해외
여행을 첫 번째로 생각하는 이가 많다. 삶의 여유가 생활화되
고 있다는 이야기이다.

　여행은 우리가 개방된 사회에서 삶의 폭을 넓히면서 지혜로
운 삶을 얻기 위함이다. 지혜로운 삶이란 이웃과 마음을 교환
하면서 삶의 깊이를 깨닫고 사랑을 배워가는 길이다. 사람의
일생은 무지無智에서 깨달음의 세계를 향해 가는 여행이다. 우
리가 느끼지 못했던 문화를 접할 수 있고 미지의 세계를 접할
수 있다는 황홀함도 맛볼 수 있다.

　가을은 비가 내리면서 옷을 흠뻑 적시듯이 내리는 것은 아니
지만 내리는 듯 마는 듯 은근슬쩍 언제인가 옷을 적시는 이슬
비라고 하는 것이 적절한 표현이다. 더위가 가시지 않아 아직

은 이르다고 했는데 어느새 가을의 빛깔을 보내왔다. 계면쩍은 듯 완연한 빛깔은 아니지만 고산지대부터 단풍을 물들이기 시작했다는 소식이다.

한 계절에 6개의 절기가 소속되어 있어 길고 짧은 계절은 없는 듯도 하지만 절기를 다른 계절에 빼앗기는 현상이 나타난다. 겨울과 여름이 길어지면서 이웃한 봄은 겨울에, 가을은 여름에 가까운 기상 이변을 일상으로 겪게 되어 농사에 맞게 편성되었던 절기도 자기의 고향을 잃어가는 실정이다.

절기상으로는 입추立秋가 가을을 알린다. 그러나 올해의 입추는 기온이 35℃를 넘나드는 한여름에 다가왔다. 이웃한 처서處暑도 다를 바가 없었다. 말하자면 절기상 가을을 여름에 빼앗긴 형편이다. 그렇다고 절기를 기준으로 계절을 구분할 수 없다. 원래 절기는 중국 주나라 허베이하북성를 기후를 모델로 했다는 것은 알려진 사실이다.

기온은 여름이지만 가을이 내리기 시작했다는 사실에 만족한 마음가짐이다. 잊지 않고 제자리를 지키기 위해 찾아준 것은 자연의 섭리이자 축복이라고 찬양해야 한다. 인간은 자연의 방해꾼이지만 자연은 언제나 의연한 모습으로 인간에게 축복을 안겨 준다.

　가을은 요란한 소리를 내면서 섬광을 비추며 섬뜩한 빛깔로 우주를 비추어 화려하게 물들이지 않으며 조용히 내린다. 다만 단풍으로 아름답게 채색하여 사람들의 감탄을 받는다. 오히려 사람들은 자연의 아름다운 채색에 황홀한 마음으로 가을의 마지막 선물을 마음에 심는다.

　네 계절이 순환하는 나라에 살고 있는 사람들은 계절 감각에 민감하다. 계절에 따라 의식주를 달리하는 것은 필수 요건에 해당된다. 따라서 이들의 생각은 다른 나라 사람과의 느낌이나 삶의 방식도 다르다. 우리는 청명한 하늘과 활동 영역을 넓혀갈 수 있는 가을을 갖고 있다.

　자연은 위대한 선물이다. 천고마비天高馬肥라는 말에서 보듯

이 인간뿐만 아니라 높은 하늘과 양식이 풍부한 계절에는 말도 살이 붙어 마음껏 뛰놀 수 있어 청명한 날씨가 가을을 상징하는 어휘로서 자연이 베푸는 혜택을 마음껏 즐길 수 있다.

# ● 느리게 사는 삶

사람들은 매일 분주한 삶을 이어간다. 평상과 다를 바 없는 일과를 남에게 뒤질세라 온갖 수다를 떨어가며 활발하게 움직인다. 성격이 급한 사람은 하루의 일과를 미리미리 챙겨가며 시간에 맞추어 간다. 오늘 할 일을 내일로 미루지 말라는 경구는 이들에게 어울리지 않는다.

세월은 언제나 일정한 흐름에서 벗어나지 않지만 인간이 급하게 살려는 의지는 세상살이의 과욕이다. 세월의 흐름에 관여하지 않고 나만의 생각으로 느긋하게 사는 인생도 있다. 그러한 삶은 바쁠 것 없다는 자만自滿에 빠져 삶의 철학을 외면한

독선적 아집我執이다.

우리의 일상은 때로는 흔들림이 있기도 하지만 계속되는 생활의 리듬을 크게 이탈하지 않는다. 자신의 마음이 안정된 삶이라면 생활 리듬도 안정되고, 생활 패턴도 조용히 흐르는 물을 닮아간다. 결국 세월은 강이 깊으면 소리를 죽인다는 강심수정江深水靜의 원리를 배운다.

조용히 살면서 누구의 간섭도 달가워하지 않고 오직 자신의 삶의 원리를 지키는 사람도 있다. 다른 사람의 안목으로 보면 평범한 삶이지만 당사자는 크게 관여하지 않는다. 활기찬 생활 리듬을 발견할 수 없으나 살아가는 형편은 여느 사람이나 다를 바가 없는 삶의 한 가닥이다.

내가 만난 한 사람은 하루가 다르게 발전하는 시대인 현대에서도 희망의 끈을 놓지 못하고 살아간다. 지난 세대에 간직한 꿈을 희망이라는 틀 안에 간직하며 그 꿈이 이루어질 날이 찾아오리라 믿는다. 누군가 희망이란 미래에 확실하게 이루어질 것이라 믿는 현재의 속임수라고 했다.

며칠 전에 같이 근무했던 동료를 만났던 기억이 새롭다. 그동안 새로 공부하여 전자공학의 권위자가 되어 있었다. 직장을 과감히 사직하고 다시 공부를 시작한다고 학생으로 돌아갔던 사람이다. 당시는 직장 구하기가 하늘의 별따기와 같이 어려운 시절이었다.

희망이란 어휘는 긍정적으로 수용하는 것이 일반적인 사례이다. 또 희망이 존재하기 때문에 인간은 미래지향적 삶을 택한다. 어쩌다가 자신이 기대하던 결과가 긍정적이 아니어도 희망의 끈은 놓지 않는다. 희망은 기대감과 함께 언제나 우리 주위에서 버티고 있지 않는가.

희망은 자신이 간직하는 꿈으로서 비록 청운靑雲의 높은 기상은 아니더라도 기대감을 버리지 못한다. 바라던 꿈이 빨리 다가오지 않아도 언제인가 꿈은 이루어진다는 기대감은 희망이다. 꿈이 늦게 성취돼도 인간은 기대감을 버리지 않는다. 기대감이 있는 삶은 느리게 사는 삶이다.

발전하는 시대에 살고 있는 보편적인 사람들은 구시대의 꿈은 잊어버리고 새로운 시대에 맞는 꿈을 간직하는 것이 일반적 사례이다. 멀리 바라볼 것도 없다. 새해를 맞이한다거나 특별한 날을 맞이하면 결심한다. 그것이 비록 작심삼일作心三日에 지나지 않는다 해도 늘 되풀이하는 일이 많다.

이들은 결심에 앞서 초심初心으로 돌아간다고 한다. 처음부
터 마음에 간직했던 순수한 마음 정도로 이해하고 있지만, 처
음부터 간직한 희망이자 기대감이라고 보는 것이 타당하다.
뒤돌아보면서 초심으로 돌아가려는 마음이 바로 느리게 사는
삶이다.

우리는 남보다 앞서가려는 의욕을 간직하고 있다. 낙후된 시
대에 살았던 우리는 하루라도 빨리 선진국 대열에 합류하기
위해 더욱 박차를 가했다. 남보다 먼저 움직이고 열심히 활동
해야 했다. 그러다 보니 외국인이 우리를 보는 시각도 부지런
한 국민성을 가졌다고 칭찬을 아끼지 않았다.

우리는 알게 모르게 '빨리'라는 말이 몸에 익게 되었다. 외국
노동자가 제일 먼저 익히는 말이 '빨리'라고 한다. 그만큼 우리
는 쉬엄쉬엄 쉬어가며 일을 하지 못하고 남보다 더 열심히 더
빨리 일하면서 성과도 기대 이상으로 나타내었다.

그러나 우리도 느리게 사는 삶을 배워야 한다. 우리가 기대
하는 희망은 하루아침에 금방 이루어지는 것이 아니다. 다른
사람이 쉬엄쉬엄 살아가는 모양새를 배척할 것이 아니라 느린

삶이지만 희망은 마음속에 간직하고 언제인가는 이루어질 기
대감으로 사는 삶을 배워야 한다.

시대는 급행열차가 지나가듯 발전이란 짐을 싣고 달린다. 혹
자는 말한다. 시대의 발전에 뒤처진 걸음을 걷지 말라고 한다.
발전된 시대에 동화되어 살자면 그 시대의 문명에 흡수된 삶
이어야 하고 그 시대의 문화의 일원이 되는 삶이어야 한다.

우리는 급하게 달리는 방법은 배웠지만 쉬어가는 방법을 놓

쳤다. 심사숙고深思熟考라는 말이 있다. 사전적 의미는 '깊이 생각하고 깊이 고찰하다.'는 뜻으로 '신중을 기하여 곰곰이 생각하다.'라고 풀이할 수 있다. 앞으로만 내닫지 말고 생각의 시간을 공유하라는 의미이다.

느리게 사는 삶은 퇴보를 의미하지 않는다. 시대적 발전에 동행하면서 깊은 사고로 시행착오를 막는 삶이다. 시대적 발전에 동행하는 삶도 우리의 삶이며 느리게 사는 삶도 우리의 삶이다. 인간의 삶은 다양한 빛깔을 간직하고 있다. 현대에 동행하는 삶이나 미래를 간직하는 삶이나 모두 우리의 삶이다.

# ● 맑은 정기를 마시며

가을의 첫걸음은 산뜻한 내음을 은은하게 곁들이며 맑은 정기를 간직한 이른 아침의 공기이다. 그러나 가을은 오색 단풍이 찬 공기를 마시며 내리기 시작하는 때라고 말한다. 또는 맑고 청명한 하늘과 아름다운 빛깔로 산야를 물들이는 단풍이 사람들을 유혹하는 계절이라고 한다.

그러나 단풍이 뚜렷하게 빛을 보이자면 아직도 달포 남짓한 여름과의 씨름에서 시간을 메우고 황금빛 옷으로 들녘을 치장해야 한다. 아침 산책길에 만나는 사람들의 옷차림은 어느새 가을 모양새를 닮아가고 있는 것을 보면 가을은 이미 우리 마음에 안긴 것 같으나 아직은 여름의 끝자락이다.

만나는 사람들의 얼굴에는 밝은 미소가 가득하며 인사를 건네는 목소리도 참신하며 즐거움이 가득하다. 가을은 역시 모두의 마음에 행복한 미소를 안기며 세상살이가 한결 즐거운 정서로 나타난다. 가을엔 아침에 살갗을 스치는 소슬바람도 신선한 느낌을 안긴다.

맑은 공기와 소슬한 바람은 어딘가 모르게 정겨움이 다가오는 느낌을 받는다. 계절을 사랑한다는 말이 뜻하는 이미지는 정겨움이다. 정겨움은 소식이 뜸한 그리운 사람의 맑은 미소가 보고픈 마음이다. 맑은 미소는 입가에 보일 듯, 말 듯 스치는 사랑의 이야기를 담고 있다.

인간의 맑고 참신한 정서는 찬란한 이미지로 삶을 장식한다. 가을에만 느끼는 맑은 정기가 풍성한 가을을 마련한다. 사람들은 신선하고 산뜻한 아침 공기에 즐거운 웃음을 마음껏 주고받는다. 인간의 정서가 너울을 벗고 서로 손을 잡고 즐거운 춤사위에 젖는다.

가을이면 신선한 바람이 따사로운 햇살을 그리워하기도 한다.

한낮에 양지보다 그늘이 손짓하는 때의 따가운 햇살은 고요히 지나는 바람에 고개를 숙인다. 신선한 바람은 우리에게 달콤한 삶과 향기를 던져 주어 아름다운 세상살이를 찾아 마음을 달랜다.

행복은 멀리 있는 것도 아니며 아주 가까이 버티고 있는 것도 아니며 늘 우리의 마음에 있다. 신선하고 참신한 아침 공기를 마시는 우리는 곧 우리의 마음에 간직한 행복을 마시는 것이다. 가을에 만나는 사람마다 입가에 행복한 웃음을 머금는 것도 바로 마음에 간직한 행복을 마시기 때문이다.

아침을 맞이하는 것은 새로운 하루의 시작을 알리는 신호이다. 시작의 첫걸음이 중요한 것은 매일 잠에서 깨어나는 이른 아침이 생활의 시작이며 인생의 출발점임을 누구나 인지하기 때문이다. 인생의 출발을 신선하고 참신한 마음으로 기지개를 편다면 그날은 분명 윤택한 운기를 맞이할 것이다.


계절마다 아침을 맞이하는 분위기는 다르다. 봄은 따스한 바람이 귓불을 스치며 새 생명을 맞이하는 감촉을 준다면, 여름은 무겁고 후덥지근한 촉감에 고개를 젓고 겨울은 코끝을 에

이는 바람이 계절의 끝마감을 알린다. 그러나 가을만은 깨끗하고 넉넉한 마음을 신선한 바람에 실어 보낸다.

자연이 우리에게 선사하는 모든 현상은 우리에게 들려주는 가르침이다. 무심히 지나쳤던 자연에는 많은 삶의 지혜가 담겨 있어 그대로 지나치기에는 너무나 아까운 덕목과 교훈이 숨겨져 있다. 자연은 말이 없어 속삭이는 표현은 없으나 때를 맞추어 보여주는 빛깔을 관찰하는 능력을 키워야 한다.

우리는 세상살이에서 자연을 성찰하는 모양새뿐만 아니라 인간에 대한 관찰 능력도 어설프다. 신선하고 참신한 가을을 닮은 사람은 없는 것인가. 그런 사람은 창의적이고 혁신적이고 열정이 돋보이는 진취적인 성격을 가진 사람이라 정의할 수 있다.

앞에 제시한 것은 너무나 막연하고 현학적인 인간상을 나열한 것으로 치부할 수밖에 없다. 가을 아침에 느끼는 신선하고 참신한 성격의 사람이란 단정한 옷차림에 생동감이 얼굴에 가득한 사람을 이른다. 이런 사람이라면 발전성이 있고 기발한 아이디어가 있는 사람이다.

신선한 가을 아침에 부는 바람과 같은 성격의 소유자를 우리는 젊은이로 착각하기 쉽다. 젊은이는 언제 보아도 발랄하고 패기에 넘쳐 있다. 이들은 가을 아침이 아니더라도 언제나 신선한 느낌을 준다. 젊음이란 생각에 앞서 패기가 넘치므로 비록 가을이 아니어도 활동적이다.

이른 아침에 남이 거동하기 전에 만나는 나이 지극한 세대의 사람이 반갑게 인사하는 부드러운 미소가 이 가을에는 신선하게 다가온다. 인생을 달관한 사람들이 더욱 신선하게 가슴에 남는다. 신선하다는 것은 젊음이 아니라 인생을 달관한 사람의 지혜가 남는 미소였다.

가을은 결실의 계절이면서 거두는 계절이다. 인생이 가을이라면 완숙기를 지나 달관의 세대에 해당된다. 인생의 온갖 풍상을 겪고 삶의 진리를 깨닫고 지혜로운 삶을 찾아가는 세대이다. 인생을 달관한 세대의 부드러운 아침 인사는 맑고 신선한 아침 공기를 마시는 기분이다.

맑은 정기는 가을 아침에 맛보는 신선한 공기이다. 맑은 정기는 인생의 진미를 맛보게 하는 삶의 깨끗함이다. 삶이 깨끗하면 거친 세파를 거침없이 헤쳐 나가며 창의적이고 건실한 인생을 창조한다. 가을이면 신선한 아침 공기가 생활의 리듬도 신선하게 가꾸어 삶을 즐겁게 한다. 이 가을에 맑은 정기를 품은 신선한 가을을 마시자.

# ● 인간의 심성에 그려진 꽃

  이 세상에는 곳곳에 아름다움을 빛내는 꽃들이 헤아릴 수 없을 정도로 자생하고 있다. 사람들은 꽃의 아름다움에 매혹되거나 향기에 취하여 하나하나 이름을 붙이기도 하고 꽃말로 꽃의 이미지를 그려낸다. 그러나 이름을 얻지 못한 숱한 꽃들은 야생화野生花라는 이름으로 더부살이를 한다.

  꽃의 특징, 모양, 성격에 따라 상징적인 의미로 붙인 이름을 꽃말이라 한다. 꽃이 자생하는 국가나 시대에 따라 다르게 부르기도 하지만 보통 영국의 꽃말을 따른다고 한다. 꽃말은 종교적인 사연에 의해 이루어진 것도 있지만 중세에는 연인들의 징표로 많이 사용되었다.

　꽃말은 같은 꽃도 색상에 따라 다르게 사용하는 경우가 많다.
사랑의 대표적 징표로 사용되는 장미는 빨간색으로 인식하는
것이 보편적이다. 그런데 빨간색과 아울러 흰색, 분홍색, 노란
색, 파란색으로 나뉠 수 있다. 장미는 ‘애정’, ‘행복한 사랑’이라
는 꽃말에 의해 모든 사람의 사랑을 받는다.
　만인의 사랑을 받는 장미도 색상에 의해 꽃말이 다르다. 일
일이 나열하기보다 우리가 가장 선호하는 빨간색 장미 하나만
보기로 한다. 연인들이 사랑을 맹세하며 주고받는 빨간색 장
미는 색상부터가 영원을 지향한다. ‘욕망, 열정, 기쁨, 절정’이
라는 꽃말에 사랑이 녹아드는 기운을 감지한다.

　우리 선인들은 전통적으로 군자형의 꽃을 즐겼다. 사군자四
君子라 하여 매난국죽梅蘭菊竹을 선호한 것은 꽃의 아름다움보다
기질과 성격을 우선시한 모습이다. 매화, 난초, 국화, 대나무
의 장점을 간추려 군자형의 인간, 즉 덕과 학식을 갖춘 사람의
인품에 비유하여 사군자라 이른 것이다.

이른 봄의 추위를 무릅쓰고 제일 먼저 꽃을 피우는 매화는 선비의 정신인 드높은 기개와 지조와 불굴의 정신을 나타낸다고 하여 시인묵객詩人墨客의 사랑을 받았다. 아치고절雅致高節한 성품이지만 한편 청초한 자태와 향기로 인해 매화는 아름다운 여인에 즐겨 비유되었다.

여름 계절을 대변하면서 청초한 아름다움을 꽃말로 간직한 난초는 깊은 산중에서 은은한 향기를 멀리까지 퍼뜨린다. 외유내강外柔內剛으로 강인한 성품을 지니는 난초는 자생하고 있지만 동호인들이 각 가정으로 옮겨와 기르는 경향이다. 난초는 열대지방에 자생하는 식물로 토종은 귀한 편이다.

국화는 늦은 가을에 첫 추위를 이겨내며 피는 꽃으로 우리 선인들은 오상고절傲霜孤節이라 하여 지조와 절개를 강조한다. 아름다움을 자랑하던 꽃들은 서리가 내리기 전에 몸을 숨긴다. 국화는 된서리 속에 피고 눈 내리는 겨울에도 시들지 않고 고고한 자태를 뽐내어 오상고절의 성품을 간직한다.

대나무는 꽃과는 거리가 있지만 모든 식물의 잎이 떨어진 추운 겨울에도 푸른 잎을 계속 유지한다. 우리 선인들은 언제나 푸름을 간직하는 대나무를 보며 선비의 굽힐 줄 모르는 기개를 찬양하며 군자의 성품을 읽었던 것이다. '매, 난, 국, 죽'은 춘하추동의 순서에 맞추어 놓은 것이다.

　군자의 덕과 성품을 찬양한 것만이 계절의 이미지를 그려내는 것은 아니다. 일일이 열거할 수 없지만 봄의 전령사는 개나리이다. 연교連翹, 황춘단 이외에도 많은 별칭을 가진 꽃으로 잎보다 노란 꽃잎을 먼저 선보인다. 4·5월에 개화하지만 사람의 이목을 잡는 노랗게 피는 개나리가 우선이다.

　봄의 정원을 풍성하게 장식하는 모란을 그대로 지나칠 수 없다. 꽃잎이 풍성하고 아름다워 원산지인 중국에서 꽃 중의 꽃이라고 하여 화왕花王이라고 했다. 선덕여왕은 모란의 그림에 벌과 나비가 없음을 보고 향기가 없을 것이라 했는데 실제로는 짙은 향기를 따라 벌과 나비가 즐겨 찾는다.

　모란을 생각하면 퍼뜩 떠오르는 시정詩情이 있다. 김영랑의 '모란이 피기까지는'이라는 시적 정서를 빼놓을 수 없다. "모란이 피기까지는/나는 아직 기다리고 있을 테요. 찬란한 슬픔의 봄을."이라는 끝 부분이다. 아름다운 시정이 '찬란한 슬픔의 봄'에 나타난 반어적이고 역설적 표현은 시간이 흘러도 더욱 싱싱하게 독자의 마음을 시의 정서 속으로 유혹한다.

꽃은 누구나 좋아하지만 간직하는 정서는 다르게 느낀다. 아름다움을 자랑하는 꽃의 내면에는 미적 감각이 숨 쉬고 있을 뿐이다. 사람들은 꽃의 아름다움을 감상하는 것에서 한걸음 더 나아가 사람의 심성에 심어 의인화擬人化하여 사람과 같은 맥락으로 대접하고 있다.

인간은 스스로 자연으로 돌아가지 못하고 자연을 인간의 가슴에 심으려고 노력한다. 자연은 나름대로 자신의 생활을 운영하며 아름다움을 인간에게 선사한다. 자연은 숱한 격랑의 세월을 자신의 힘으로 이겨내며 오늘을 창조하고 내일을 위하여 꽃을 피운다.

자연은 인간의 세상살이를 간섭하지 않는데도 사람들은 자신의 이익을 위하여 자연을 푸대접한다. 세상살이는 서로 돕고 이끌어 주면서 동행하는 너그러움이 있어야 한다. 사람과 자연의 동행은 서로의 아픔을 매만져 주며 사랑으로 서로를 돕는 상부상조相扶相助의 정신을 살려야 한다.

오늘날 인간의 문명이 발달하고 다양한 삶이 행복스러운 운기를 가득 담고 부러움이 없는 세상살이를 겪고 있다. 인간의 문명과 행복한 삶은 자연이 우리에게 베푼 선물이다. 인간은 자연을 푸대접하여 각종 재해를 유발했다. 지금부터라도 정신을 가다듬어 자연을 사랑하는 지혜를 펼쳐 보여야 한다.

사랑의
구름다리

• 제2부 열정이
있는 삶

세상살이는 누구나 남들이 살아가듯이 평범한 일상으로 어
제나 오늘의 삶이 별반 다름이 없다. 그리고 삶이란 보잘것
없는 민초들이거나 이름이 알려진 사람이나 가릴 것 없는 세
상살이의 동행자이다. 사람들은 남에게 펼쳐 보일 삶이 아니
라 해도 자신이 살아온 세상살이의 모습을 남긴다.

　　사람은 무심히 살아가는 것 같지만 자신만이 간직한 예지
력에 의해 삶을 예견한다. 보통 세상살이는 남보다 뛰어난
삶을 바라지 않으며 누구나 나름대로 지혜롭게 살면서 이웃

과 동행하며 사랑을 나눈다. 삶은 세상살이를 하면서 가슴으로 느끼는 정서도 있지만 직접 체험하면서 배우는 기능도 있다.

삶은 항상 새로운 것을 만들어내는 창조의 기술을 동반하며 발전된 세상을 선보인다. 발전된 세상은 문명사회로 인간은 문명과 문화를 창조하면서 인간이 인간다운 모습으로 태어나기를 바란다. 문명은 인간의 발전하려는 정신력을 대변하며 발전과 발전을 거듭해 왔다.

역사 창출의 주인공은 인간으로서 과거에 안주하지 않고 오늘의 삶을 다듬고 미래를 향한 창의적 기회를 놓치지 않았다. 내일은 혁신적인 기개를 간직한 마음으로 기다리며 오늘을 열정으로 살아가야 한다. 열정이 있으면 긍정적인 자세로 내일을 밝히려는 의지가 강하다.

인간의 영혼은 우리의 삶을 떠나서 존재하는 것은 아니다. 인간은 영혼과의 교우를 간절히 바라지만 겉으로 그 모습을 나타내어 보일 때가 없다. 창의적이고 혁신적인 기개와 신성한 정신력이 한곳에 응집되어 인간의 삶을 행복한 곳으로 인도할 때에 나타나는 맑은 느낌이다.

창의적인 자세는 새로운 문화를 창조하고 문명의 발달도 창의적이고 창조적인 기백이 있어 이루어졌다. 문명의 발달이 없었다면 현대는 너무나 무미건조한 세상으로 삶의 의미도 찾지 못했을 것이다. 문화의 창조와 전통으로 지켜온 우리의 삶은 어제를 오늘에 빛을 밝혀 주고 있다.

모두가 우리들의 삶의 모습이다. 오늘을 사는 우리는 앞서 살았던 사람들의 진실을 바탕으로 한 삶의 모습에 감동을 받을 수도 있다. 자신의 인생관에 버금가는 것도 있고 본인 삶의 모습일 수도 있다. 취사선택은 오늘을 사는 사람들의 몫이다. 진정으로 자신의 삶을 사랑하는 사람이라면 성현聖賢들의 삶을 배우려 하지 않는다. 삶은 자신의 것이지 성현이나 성인들 등 성찰하고 깨달음을 얻은 분들의 인생이 아니므로 자신의 삶을 가다듬는 자세가 필요하다.

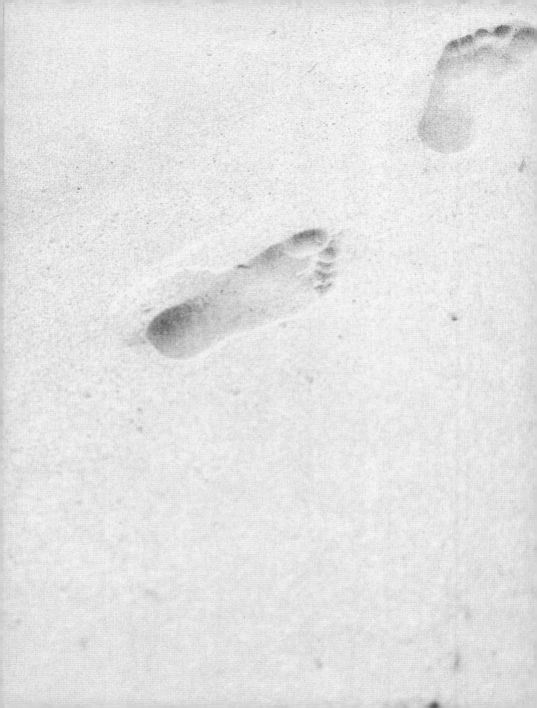

## ● 지혜로운 삶의 길

사람들은 새로운 날을 맞이하는 새벽잠에서 깨어나며 보람과 신선한 하루가 되기를 기도하며 참되고 성실한 삶이 이루어지기를 원한다. 그러나 세상살이는 늘 그랬던 것처럼 유유히 시간을 따라 흐르며 사람들이 바란다고 그 뜻을 쫓아가며 모든 것을 갖추어 주는 놀이마당이 아니다.

세상살이는 사람들이 만들어 간다. 기대한 만큼의 하루가 이루어지는 이가 있는가 하면 어딘가 모자라는 느낌을 가슴에 품고 내일을 기다리는 이도 있다. 그러면서 내일에는 반드시 이루어질 것이란 기대감을 안는다.

　기대감은 자신이 바라는 것을 만족하게끔 이루어 줄 것이란 꿈으로서 그 끝자락은 인간이 이루고자 하는 이상理想이다. 사람이 사람으로서의 가치관을 형성하고 인간의 자존自尊을 지키는 모든 일이 이상의 세계를 만나고자 하는 행위이다.

　꿈은 누구나 간직할 수 있지만 사람에 따라 그 갈래가 달라진다. 참되고 올곧은 마음으로 자신이 품은 사상을 펼칠 수 있는 인생관을 나타내는가 하면 헛된 생각에 기대 이상의 세계를 바라다가 몽상에 젖어 실의에 빠지기도 한다.

　사람에게 꿈과 이상이 없다면 삶의 가치를 상실하고 마음은 늘 방황하며 자신의 정체성을 찾지 못한다. 결국 삶이란 기대하는 꿈을 이루고 이상을 찾기 위한 경쟁의 역사라고 할 수 있다.

　꿈이 있는 사람은 보다 높은 세계를 향한 희망을 품고 그 뜻을 이루고자 인내와 노력으로 자신을 다듬고 투철한 정신력을 발휘한다. 항상 자신을 담금질하며 망상에서 벗어나 창조적 사고로 새로운 세계를 모색한다.

　꿈의 세계를 바라며 희망이 있는 창조적 세계를 이루자면 헛되게 살아온 자신의 역사를 잊는 방법도 연구해야 한다. 인생이란 모든 것을 등에 지고 힘겹게 살아갈 수는 없다. 창조적 삶이란 번뇌에서 벗어나 지혜를 익히며 새롭고 신선함을 찾는 일이다.

한 해가 저물면 사람들은 지나간 일을 잊고 새로움을 얻기 위해 마음을 다진다. 지나온 한 해를 보낸다는 송년送年은 사람마다 다른 뜻을 간직하겠지만 그저 무심히 한 해를 마음에서 벗어버린다는 뜻이다.

연말이면 망년회忘年會라는 말도 자주 쓰인다. 그러나 망년은 송년과는 달리 한 해를 보내며 그 해의 지나온 온갖 허물을 벗고 새롭게 탄생하기 위한 송구영신送舊迎新하는 마음을 담아 보이는 자세이다.

올곧은 생각과 건전한 사상을 간직하는 사람은 예지叡智와 동행하며 사랑이 있는 생활 자세를 잊지 않는다. 성실한 마음과 건전한 사고, 진솔하고 새로운 세계를 향하는 창의적이고 진취적인 삶의 자세가 바로 송구영신의 지혜로운 삶이다.

사람들은 새해를 맞이하면 마음속으로 다짐한다. 지나온 세월의 허물을 벗고 인생의 멋을 새롭게 창조하겠다고 자신에게 다짐한다. 그러나 며칠을 넘기지 못하고 어제의 버릇에 젖는

작심삼일作心三日의 생활 자세로 되돌아가는 수가 일상화되곤
한다.

성찰省察이 없고 자신의 삶을 되새김하여 반추하는 지혜를 갖
추지 못한 생활은 무미건조한 일상이다. 사람은 무미건조한
삶을 위하여 태어난 것은 아니다. 창의적이고 삶의 가치를 창
조하는 살 만한 세상을 마음에 심고 즐거운 심성이 들뜨는 삶
을 찾기 위하여 태어났다.

하루에 세 번을 거울과 마주하며 얼굴과 매무새를 다듬어서
반듯한 모습으로 사람을 대하라고 한다. 거울에 비추는 것은
얼굴만이 아니고 자신의 마음을 비추어 보라는 의미이다.

마음은 겉으로 드러내어 뚜렷한 모습을 보이지 않는다. 거울
에 나타난 얼굴에서 인생의 진리를 찾으라는 것이다. 거울에
나타난 얼굴은 늘 같은 모습이지만 형상화된 자신의 얼굴 그
림에서 인생을 읽으라는 뜻이다.

얼굴에 어두운 그림자가 드리운다면 심기가 불편하고 삶의
의욕을 상실한 모습이기도 하고 밝고 명랑한 기운이 감지된다
면 즐거운 하루를 맞이할 수 있다. 혁신적이며 창의적이고 진
취적 기상이 바탕이 되어 늘 새롭게 태어나는 그림으로 나타

난다면 지혜로운 삶이며, 거기에다 열정과 기개가 함께한다면 이상의 세계를 향하는 모습이다.

실패와 시행착오를 삶의 스승으로 여기는 것은 사람만이 가지고 있는 세상살이가 아니다. 시행착오를 겪으면서 모든 동물들은 성장하며 보다 살기 좋은 세상을 창조한다. 창조의 뒤안길에는 언제나 실패와 시행착오가 도사리고 있어 세상은 항상 새롭게 탄생된다. 지혜로운 삶이란 인간의 지식에서 얻은 세상살이가 아니라 실패와 시행착오에서 얻은 가치이다.

인간의 삶은 어린이들이 경험을 쌓으면서 하나하나 세상살이를 배워가듯이 모자라고 미숙함에서 출발한다. 인간은 미숙한 출발로 세상살이에 어울리지만 살아가면서 삶의 가치를 깨닫고 경험을 토대로 지혜를 터득한다.

인간은 용케도 전통을 고수하며 그 위에 하나하나 차곡차곡 새로운 문화를 수놓으면서 발전하는 모습을 보였다. 살아오면서 깨닫고 느낀 모든 것을 한곳에 모으는 것이 아니라 버릴 만한 것은 스스로 도태되어 세상살이에서 벗어나게 내버려 둔다.

버리고 도태되어 사라지게 하는 것만이 인생을 새롭게 태어나게 하고 창조의 의지를 깊고 폭넓은 세계로 만드는 것은 아니다. 습유보궐拾遺補闕의 지혜를 배우며 인생을 좀 더 빛나게 다듬어야 한다. '버려진 것을 줍고 결점을 보완한다.'는 습유보궐의 진정한 의미는 잘못을 바로잡고 결점을 보완한다는 뜻으로 우리의 가슴을 훈훈하게 한다.

우리는 참신한 인생을 바라면서도 자신의 미숙함이나 결점을 고치려는 시도를 외면하는 양면성을 간직하고 있다. 현명한 사람은 계획을 세우는 데 시간을 보내지 않고 사물의 깊이를 깨닫기 위해 성찰하는 자세에 더 시간을 보낸다.

철학자가 진리를 얻기 위해 성심으로 사유하고 탐구하는 정신이나 성현들이 고뇌에 찬 열정으로 인생을 가꾸어 나가면서 신선함을 잃지 않아 영혼은 늙지 않고 더욱 빛을 발하는 정신 모두가 지혜로운 인생을 창조하고자 하는 마음의 울림이다.

그러나 지혜로운 삶은 이름난 철학자나 현인, 그리고 성인에게만 다가서는 것은 아니다. 세상살이는 현재를 가꾸어 가는 보통 사람들의 것이다. 그들의 삶은 자신을 성찰하는 여유로움이 없지만 늘 만족한 마음을 간직하려고 노력한다. 행복은 열정을 잃지 않고 새로움을 찾고자 하는 마음에서 출발하여 넉넉하고 사랑스러운 세상살이에서 꽃을 피운다.

지혜로운 삶이란 많은 지식을 얻고 인생을 폭넓게 탐구하면서 진리를 찾아가는 철학적인 삶이 아니다. 인생의 진리는 사람마다 세상살이에서 얻는 삶의 무게로 누구나 행복한 삶을 위해 오늘의 고통과 괴로움을 참으며 때로는 슬픔까지도 삼키며 힘든 길을 묵묵히 걸어간다.

사람들이 찾는 삶은 지혜롭지 못하더라도 세상살이를 멈추지 않는다. 고달픔을 먼 옛날의 추억 속에 묻으며 오늘만큼은 신명나게 살아간다. 오늘은 언제나 새로운 기분으로 어제의 삶을 되풀이하려 하지 않는다.

사람들은 철학적이고 성스러운 삶을 동경하기도 하고 도덕적인 삶을 위해 자신을 다듬고 신선함을 찾아 사랑으로 삶의 매듭을 풀고 자신을 돌아보기도 한다. 비록 성현의 모습은 아니라고 하더라도 올곧은 마음 하나만은 아름답고 참신하여 지혜로운 삶으로 다가온다.


자연에 묻혀 넉넉하고 평화롭게 살아가는 노부부를 매스컴에서 자주 접한다. 그것이 연출에 의한 연기의 모습이라고 하더라도 인간은 그것을 보고 부러워하는 이가 있는가 하면 마음 흐뭇한 기분에 젖는 이도 있다. 이들 부부가 누리고 있는 평화롭고 행복한 모습은 우리 모두가 동경하는 세계로 지혜로운 삶의 첫걸음이다.

지혜로운 삶이란 사랑과 참신함이 있어 내일을 향한 진취적 기상이 돋보이고 새롭게 태어나고자 하는 창의력이 있는 보통 사람들의 세상살이로 정의正義된다. 보통 사람들은 많은 것을 바라지도 않고 남이 가진 것을 탐내는 욕심을 가슴에 담지 않는다.

보통 사람들은 굳이 성현이나 철학자의 삶을 본받으려고 자신의 인생을 아름답게 꾸미면서 삶의 무게를 무겁게 짊어지려 하지 않는다. 보다 가벼운 마음으로 안정을 찾아 이웃과 사랑을 나누며 살기를 원한다. 우리 마음은 비우면 더 깨끗한 물로 다시 채워지는 샘물로 언제나 정갈한 모양새를 띈다.

각박한 도시에서는 느끼지 못하는 풍경을 우리는 흔히 자연을 벗하며 사는 전원생활에서 느끼려 한다. 그러나 전원생활이 곧 평화로운 삶이 아니고 얼마나 잡다한 번뇌에서 벗어나는 삶인가, 맑은 정신으로 홀가분하게 삶의 고개를 넘는 생활인가에 삶의 지혜가 담겨 있다.

사람들은 낡은 세대의 사상에서 벗어나는 생활이 산뜻하고 지혜롭다고 말한다. 그러나 자신을 잡다한 생각에서 맑은 정신으로 돌이키는 일은 쉽게 이루어지지 않는다. 정신 훈련이나 명상으로 번뇌를 하나하나 잊어가는 길이 있다고 하나 침잠의 세계는 보통 사람들의 세계와는 거리가 있다.

삶의 무게는 언제나 무거울 수밖에 없다. 그 무게를 가볍게 하는 길은 당면한 세상살이를 흔쾌히 받아들이는 일부터 시작해야 한다. 짜증스럽다고 물리치려 하면 오히려 마음만 스산하게 하여 번뇌의 풀밭에 눕는 신세가 된다.

지혜로운 삶은 순수한 마음으로 사랑과 믿음, 그리고 모든 일에 감사하며 오늘의 삶을 아름답게 가꾸려는 심성이 있으면 된다. 심성이 곧은 사람은 언제나 행복한 웃음을 간직하는 삶을 이룰 수 있다. 행운과 축복은 늘 우리 주위에서 감사하는 마음으로 찾아주기를 바라는 우리 모두의 것이다.

# ● 맑은 심성과 영혼의 만남

　인간의 태생은 원래 만남에서 이루어진다. 부모 자식 간의 만남에서 시작된 우리의 만남은 가족을 만나고 이웃을 만나고 끝내는 영혼과 상면하게 된다. 슬기로운 사람은 영혼과 만남을 위해 살아가는 동안 자신의 마음을 다스리는 일에 모든 것을 바친다.

　사람의 사회생활은 만나고 헤어짐의 연속으로 무궁한 세상살이로 이어진다. 항상 좋은 만남만 바랄 수 없기도 하지만 세속적인 만남도 피할 수 없다. 어떤 인연이든 만남에는 사연이 따르게 되지만 아름다운 만남이 아니라도 그 만남도 우리 삶의 한 가닥으로 소중하게 다룰 수 있어야 한다.

맑은 심성이 있으면서 사랑으로 남을 배려하는 마음이 있는 만남은 누구나 갈망하며 그러한 세상이 언제인가는 자신에게도 다가오리라 믿는다. 그러나 세상살이는 늘 세속적인 생각에 짓눌려 행동마저도 인간다운 멋을 벗어버리고 한 가닥 남은 양심에도 버거워 버둥거린다.

세속적인 만남은 이해관계가 얽혀 서로를 이용하려는 마음이 있어 상대의 진심을 헤아리지 못하고 계산에 의하여 만남이 이루어지는 일이 비일비재한 세상이라 살아가면서 피곤함을 느낀다.

이러한 시대적 흐름에서 인간의 영혼은 얽힌 실타래를 풀고 조용하게 만날 수 있는 인간의 순수성을 그리워한다. 맑은 심성에서 서로의 영혼이 만나는 장면을 머릿속에 그리면서 생각되는 말이 실존주의 철학에서 보편적으로 쓰이던 실존적 교제 實存的 交際이다. 독일의 실존주의 철학자 칼 야스퍼스Karl Jaspers 가 사용한 말로 일체의 이해관계를 물리치고 순순한 상태에서의 혼魂과 혼의 만남을 뜻한다.

실존적 교제와 같은 순수한 영혼의 만남이란 맑은 심성이 바탕을 이루는 진솔하고 따뜻한 혼과 혼의 만남에서 참된 인간성을 회복하고 인간다운 존재로서 인간 내면의 참된 가치를 인식하게 된다.

만남에는 착한 심성으로 항상 부지런하고 이웃과 더불어 동행하는 정신이 있어야 한다. 참됨은 상대에게 신의를, 부지런함은 성실함을, 이웃과 동행함은 보살핌이다. 이러한 만남은 진실이 바탕을 이루면서 삶의 가치를 높여 세상살이의 가닥을 아름다움으로 장식한다.

세상살이는 혼자로는 성립되지 않으며 사람과 사람이 만나서 마음을 주고받으며 관계를 만들면서 이루어진다. 그 가운데 맑은 심성과 영혼의 만남을 위해 성현이나 현인들은 지혜롭게 살아가는 인생관과 세계관을 나름대로 의미 있는 말로 표현했다. 공자의 인, 석가의 자비심, 예수의 사랑의 정신은 인간의 심성을 곧고 맑은 영혼과 교감할 수 있는 다리로 안내해 주었다.

인은 인자하고 어질다는 뜻의 행동 철학이다. 사람과 사람 사이의 관계로 서로가 서로를 배려하는 가장 이상적인 면을 공자는 인이라 했으며, 사람들을 사랑하는 애인愛人이라고 했다.
그러고 보면 인의 사상도 기본 바탕에는 결국 사랑으로 귀결
된다.

자비심慈悲心은 불교 철학의 한 가닥이다. 평정한 마음가짐으
로 돌아가 타인을 불쌍히 여겨 사랑으로 감싸 안는다는 뜻이다.
이 말도 가련한 심성이 바탕을 이루며 결국은 사랑이라는 말
에 동화되어 영혼으로 가는 길목을 지킨다.

예수는 비록 적이라 하더라도 사랑으로 감싸라는 도덕성을
앞세웠다. 보편적으로 사용되는 사랑이라는 용어는 사람이 살
아가는 생활 철학이다. 세상살이에서 사랑을 빼놓고 이야기할
수 있는 대상은 어디에서도 찾을 수 없다.

신선하고 상쾌한 마음가짐이나 영롱하고 맑은 영혼이나 모
두가 사랑에서 이루어지며 사랑을 바탕으로 하여 서로 교감할
수 있다. 인간이 인간다움을 찾기 위해 명상에 잠기고 자신에
게 다가오는 고통을 참고 견디는 인내심 등은 모두가 사랑의
지혜를 얻으려는 노력이다.

맑은 심성과 영혼의 교감은 사랑이라는 어휘로 대변할 수 있다.
그러나 현재 우리의 현실은 혼란의 극치를 보여 주고 있다. 자

기만의 생각이 옳고 다른 사람의 생각은 모두가 허망하고 부질없는 행위로 간주하고 자신의 아집에서 벗어나지 못하고 있다.

낡고 쓸모없는 이념의 울타리 안에 갇힌 무리들은, 그들은 자신들의 울타리 안에 있는 사람들로 '꾼'을 형성하며 자기들만의 영역을 성역화하고 있다. 세상은 이러한 무리들에 의해 영혼마저 병들게 하여 사회를 혼란의 도가니에 가두고 있다.

인간의 영혼은 이념의 병마에 시달려야 하는 나약한 존재가 아니다. 공동체 사회의 리더라면 보다 신선하고 맑은 심성으로 인간이 인간다움을 찾을 수 있게끔 해야 한다. 정도正道의 자세에서 행복을 추구할 수 있게끔 영혼과 영혼이 만나는 실존적 교제Existential Communion가 이루어져야 한다. 인간의 영혼은 사랑으로 이루어지는 만남에서 이상을 찾고 행복한 마음으로 인간성을 회복한다. 인간이 최후로 이루고자 하는 이상은 인간성 회복이며 행복한 삶이다.

# ● 혁신과 창조적 변화

자신을 의구심으로 가두고 밖으로 나가기를 두려워하는 무기력에 빠져 있는 사람들은 혁신을 꺼린다. 혁신이 있어야 자신과 사회를 변화시키고 새로운 세계를 맞이할 수 있다. 창조적 변화를 창출하는 힘은 혁신으로 인류의 발전은 인간의 변화를 추구하는 힘에 따른 결과이다.

어눌한 사고의 틀에서 벗어나 획기적으로 쇄신刷新하는 정신을 사고의 혁명이라고 할 수 있다. 혁명은 새로운 가치 창출에 맞서는 저항력을 동반하지만 세상은 새로운 세계를 향하는 발걸음을 멈추지 않았다.

신사고新思考의 세계가 구사고의 세계를 깊고 폭넓은 세상으로 발전시켜 왔음은 주지의 사실이다. 인간은 숱한 시행착오를 겪으며 한 걸음씩 발전하는 모습을 보여 왔으며, 혁신적인 사고를 동반하지 않았다면 정체적인 현실에서 벗어나지 못했을 것이다.

인간의 사고는 항상 새로움을 창출하고자 하는 진취적 기상과 마음에 품고 있는 꿈을 실현하려는 미래지향적 이성이 있다. 현재에 안주하는 모습에서 탈피하고 무한한 발전을 기대하는 길은 자신의 이성을 담금질하는 노력과 참고 견디는 정신이 남보다 뛰어나야 한다.

위기에 처할 때마다 혁신적인 사고로 남보다 뛰어난 발자취를 남긴 19세기 중반 '지상 최대의 쇼'를 지휘한 바넘P.T Barnum의 이야기는 우리에게 많은 것을 시사하고 있다.

때로는 희대의 사기꾼으로 치부되기도 하고 한편으로는 위대한 쇼맨으로 명성을 얻기도 했지만, 바넘의 혁신적 기능은 후대에 천재적인 재능을 가졌다고 평점을 얻는다.

바넘은 자신이 지휘하는 서커스 단원까지도 자신감을 잃고 있을 때 혁신적인 말로 해이해진 단원의 마음을 다스린다.

"자신감을 들이마시고 의구심을 뱉어라

Inhale confidence, Exhale doubt"

라는 일갈—喝에 단원들도 자신감을 찾고 '지상 최대의 쇼'를 후대에까지 빛나게 한다.

발전의 모습은 언제나 느린 행보로 이어진다. 어쩌다가 신선한 모습을 만나기도 하지만 돌연변이를 일으키듯 획기적인 변화는 혁신적인 신사고에 의하지 않고는 기대하기 어렵다.

창조는 새롭게 태어남이며 앞의 것을 그대로 이어받음은 계승이다. 전통은 문화의 계승으로 앞의 문화를 얼마나 의미 있고 창의적인 형태로 보존하고 새로운 문화와 조화를 이루어내느냐에 달려 있다.

문화의 발전은 혁신적 모습보다는 점진적으로 발걸음을 옮긴다. 우리는 전통이라는 이름으로 문화의 맥락을 이해하고 지나온 세대의 사상을 잊지 않는다. 이러한 흐름은 앞으로도 계속될 것이며 그러한 전통을 구시대의 유물이라고 뒷전에 머물게 하는 일은 없을 것이다.

창조는 새로움을 만든다는 의미를 내포하고 있는데 여기에 변화를 추구함은 혁신적인 사고이다. 바넘은 남들과 똑같이 하면 대단한 걸 해낼 수 없다고 일갈하며 새로운 혁신만이 살아남을 수 있다고 했다.

사람들은 평범한 일상에서 벗어나고픈 생각에 젖어 일탈 행위를 스스럼없이 저지르곤 한다. 일상에서 벗어난 일탈 행위라고 해서 신사고 내지 혁신적 사고라고 말할 수 없다. 일탈 행위는 창의적이고 정의로운 행동 영역과는 거리가 있다.

혁신은 미래를 예측할 수 있는 정의롭고 가능의 세계로 현재보다는 발전적인 신선함이 있어야 한다. 또한 당장은 어설프고 불편함이 따른다 하더라도 일상생활에 신속하게 적응할 수 있는 새로움이어야 한다.

우리는 생활하면서 신선한 아이디어가 문득 떠오를 때가 있는데 이를 무심히 넘기는 사람이 있는가 하면 생활에 적용하여 삶의 질을 향상시키는 사람이 있다.

젊었을 때부터 알고 지내는 동료 한 사람은 흔히 말하는 발명왕이다. 이 친구의 생활 패턴은 다른 사람과 별로 차이가 나지 않는다. 그러나 이 사람은 생활의 불편함을 느끼고 그것을 해소할 수 있는 방법을 찾아 발명품을 만든다. 새로운 아이디어가 떠오르면 그대로 지나치지 않고 그것을 일상생활에 적응하는 훈련을 자신도 모르게 익혀갔던 것이다.

창조적 생활이란 고상하여 다른 사람의 선망의 대상이 되는 색다른 품격을 지니고 있어야 이루어지는 것만은 아니다. 일상생활이 안정적이고 평화스럽고 행복한 마음가짐으로 살아가는 재미를 느끼는 정신력으로 무장한 생활이 새로움을 창조하는 것이다.

획기적이라 평가를 받지 못하지만 새롭다는 의미 하나만이라도 지녔으면 안일한 생각에서 벗어날 수 있다. 창조의 궁극적 의미는 작은 것이지만 인간의 생활을 발전된 방향으로 유도하는 것으로도 만족할 수 있다.

사고의 패턴을 바꾸어 창조적인 생활을 맞이하면 가장 이상적이겠지만 항상 발전된 모습을 찾아 내일을 지향하는 것도 바람직한 모양새이다. 바넘의 생활 철학을 가슴에 새기는 것도 혁신으로 가는 지름길이다.

# ● 마음에 심은 행복

　사람들은 살아오면서 필연적이든 우연이든 무수한 사람과 만나고 함께 생활한다. 정과 사랑을 주고받기도 하고 때로는 더불어 협력하며 보다 편안한 삶을 누리기도 한다. 그러나 요즘에는 가장 가까운 가족도 자신의 인생에 짐이 된다고 혼자 생활하는 젊은이가 늘어가는 세태를 맞이하고 있다.

　삶의 자산은 가족이다. 내가 있어서 가족이 있는 것이 아니라 가족이 있으므로 내 자신도 가족의 일원으로 성장하며 세상살이를 배워간다. 가족은 내 삶의 짐이 아니라 안내자인 동시에 서로 협력하고 사랑으로 동행하는 가장 가까운 동반자이다.

오늘날 젊은이들은 핵가족 시대에 살면서 가족의 개념도 예전과 같은 생활 방식에서 벗어난 지극히 개인주의와 이타주의에 물들어 가장 가까운 가족에 대한 사랑이 없다. 가족에 대한 사랑이 없으므로 어른에 대한 공경심이 사라지고 또래들과는 유별나게 소통이 잘되는 면이 있으나 어른에 대한 존경심도 사라진지 오래이다.

가족은 가정이라는 울타리 안에서 서로를 이해하고, 너그러운 마음으로 상대를 포용하고, 다른 가족과 동행하며 사랑을 주고받는 동반자로 인생을 엮어가는 길동무이다. 대가족시대에는 2대, 3대가 함께 살며 예의와 인생의 도를 익혀갔다. 덕행은 자연히 이루어진 것이 아니라 장유유서 長幼有序의 질서를 지켜가는 가족의 사랑에서 익혀진 법도이다.

가족의 사랑은 곧 행복을 실어 나르는 전도사로 인생을 보다 아름답게 채색한다. 가정에서 밖으로 새어 나오는 아이의 울음소리는 우리 마음을 편안하게 한다. 가끔은 할아버지의 너털웃음도 우리의 마음을 즐겁게 한다.

평화로운 가족이 곁에 있고 다정한 이웃이 있어 굳이 '안녕'이라는 인사를 건네지 않아도 사랑이 감도는 마을이라면 행복이 늘 같이한다. 행복은 마음으로 느끼는 정서로 말로써 표현할 수 없다. 행복은 보물을 캐듯이 찾는 것도 아니며 선물을 보내듯이 포장하여 배달하는 것도 아니다. 행복은 우리의 가슴에 있어 '나는 행복하다.'는 느낌이 있으면 된다.

삶의 자산인 가족을 멀리하고 가족의 윤리가 사라진 세태를 대변하는 라이언의 말이 생각난다.

> "당신이 짊어진 인생이라는 배낭에서 불필요한 짐
> 을 덜어내십시오Unpark the backpark of your Life."

라이언은 자유주의가 발달한 미국인으로 가족도 짐이라고 여겨 미혼으로 누구의 간섭도 받지 않는 개인주의적 자유로운 삶을 택하였다.

그러나 라이언도 끝내는 외로움을 나눌 가족이 없다는 걸 자각한다. 가족은 결코 짐이 아니며 가족의 사랑이야말로 삶의 원천이라면서 이렇게 말한다. '인생은 동반자가 있으면 더 좋습니다.' '좋습니다'를 '행복합니다'로 바꾸면 이 글의 테마와 더 어울린다고 본다.

가족은 동반자이자 사랑으로 맺어진 인연으로 굳이 행복을 말하지 않아도 가슴에는 따뜻한 정이 흐르는 숨결이다. 행복이란 특별하게 다가오는 파도가 아니라 정과 사랑이 잔잔하게 스며드는 아침 커피 잔에 이는 물결이다.

행복은 가족 사이에서 느껴지는 정서만을 말하지 않는다. 마음이 평온하고 내일이 기다려지는 모든 사람의 가슴에 누구나 간직할 수 있다. 느끼는 감정도 사람과 환경에 따라 각양각색이다. 보통 사람들은 풍족한 생활을 행복이라고도 하며, 또 어떤 이는 건강한 몸으로 다양한 활동에 적극적으로 참가하는 삶을 부러워하는데 모두가 행복의 한 가닥을 이야기한 것이라 본다.

행복은 결코 물질적 풍요나 건강만을 중요시하는 것이 아니다. 정신적으로 동요하지 않고 너그러운 마음으로 이웃을 사랑하고 어려운 일을 나누어 내가 직접 겪는 일처럼 힘써 해결하며 상생하는 삶이 곧 행복이다.

행복은 평화로운 모습에서 더 빛을 발하며 지혜로운 행동에서 꽃을 피운다. 행복은 자애로운 사랑과 신선하고 맑은 심성, 그리고 바르게 살려는 지혜에서 출발하고 이웃과 함께 하려는

협동심이 있는 삶의 자세를 공유하면 나와 같이 살아가는 모든 사람도 행복의 울타리에서 삶을 이룬다.

행복은 현재 바로 내 곁에서 나와 같이 동행하다. 우리는 늘 나중에는 행복해질 것이란 생각으로 오늘의 고통을 감수하는 때가 많다. 그러나 행복이란 언제나 우리 주위에서 손짓해 주기를 기다린다.

현재 행복을 찾고 행복을 느끼는 사람은 훗날에도 행복한 삶을 유지한다.

행복은 미래에 있는 것이 아니라 항상 우리 주위를 따라다닌다. 그러므로 현재 행복하지 않으면 내일에도 행복이 마주하지 않는다. 내가 살고 있는 현재에 행복한 삶을 위하여 정성과 신선한 마음을 갖추어야 한다.

우리는 가까이 있는 것을 외면하고 멀리 있는 대상을 선호하는 경향이 있다. 자신 일생의 가장 중요한 이상도 먼 장래에는 이루어질 것이란 막연한 기대감에 젖는 수가 많다.

이러한 생각을 대변하는 제임스 오펜하임의 명언이 생각난다.

"어리석은 자는 멀리서 행복을 찾고
현명한 자는 자신의 발치에서 행복을 키워간다."

얼마나 가슴에 와 닿는 말인가.

# ●자유는 행복의 동반자이다

사람들은 미래에 희망찬 내일이 기다리고 있을 것이라는 기대감에 성심을 다한다. 불행의 늪에서 헤어나지 못하는 사람들도 살아갈 수 있는 힘을 미래에는 찾을 수 있다고 믿는다. 그러나 현실이 냉혹하여 노력을 기울여도 찾아오는 것은 오히려 어제와 다름없을 때가 많다.

성공에 대한 확신이 없으면 언제나 어두운 미래만 마중한다. 사람들은 그러한 사실을 알고 있든 모르고 있든 미래라는 어휘에 특별한 호감을 보이며 행복도 그곳에서 맛볼 것이라 마음에 새긴다. 내일에는 행복할 것이라는 믿음은 오늘을 안일하게 소일하는 사람들의 마음가짐이다.

행복은 자유로운 마음에서 싹튼다. 자유는 억압에서 벗어나 평화로운 삶의 동반자로 누구나 함께 누리기를 원한다. 안정된 마음과 잡념을 버리면 고요한 마음으로 평화스럽고 아늑한 심성을 찾을 수 있다. 어떠한 구속이나 제재도 받음이 없는 상태로 돌아가는 나만의 세계가 곧 자유의 본성이다.

번뇌에서 과감히 탈출하는 지혜를 얻어야 한다. 인간의 삶은 좋은 것만을 생각해도 시간이 모자란다. 잡다한 생각을 벗어버리고 마음을 비우면 그만큼의 자유를 얻을 것이다.

인간은 천부의 권리를 가지고 태어나는 것처럼 누구에게나 간섭받거나 구속받지 않고 자신만의 자유를 누릴 수 있고 자신만이 생활할 수 있는 능력을 지닌다. 자유는 사람이 사람답게 살아갈 수 있는 자존自尊을 실현시키는 자아실현의 바탕이며 자연으로 돌아가는 지름길이다.

우리는 자유민주주의를 바탕으로 하는 세계에서 자유를 평화롭게 누리며 생활하고 있다. 민주주의의 이념은 자유와 평등을 가장 높은 가치관으로 받들며 우대한다. 자유는 인간을 독립적인 존재로 보는 세계관을 전제로 하고 있어 외부의 간

섭이나 제재를 받지 않고 자신의 의지에 따라 행동할 수 있는
권리를 가진다.

자유는 소극적, 또는 적극적 자유로 구분할 수 있다. 자신이
원하는 것을 아무런 제재나 구속감을 느끼지 않고 마음 내키
는 대로 할 수 있는 상태를 소극적이라 한다면, 적극적 자유는
공동체 안에서 자아실현을 우선하며 때로는 공동체의 결정에
자신의 자유를 유보하는 상태를 말한다.

소극적이든 적극적이든 자유의 동반자는 언제나 행복이 우
선이다. 우리는 행복한 삶을 위하여 자신의 심성에 맞는 일을
아무런 제재를 받지 않고 자유롭게 하며 생활을 누릴 수 있으
며 공동체 안에서 자아실현을 위하여 자유를 잠시나마 유보할
수도 있다.

루소Reusseau는 자유란 인간이 지니는 속성이며 오직 개인에
게만 속한다고 했다. 자유는 오직 나만의 것으로 누구도 간섭
한다거나 제재의 대상이 아니다. 그런데도 역사의 흐름에서
고대로 가면 왕권이 개입했고 후대로 오면서 독재자들의 제물
이 되어왔다.

나치를 상대로 레지스탕스 활동을 하면서 오직 자유만이 행

복한 세상을 만들 수 있다고 말한 알베르 카뮈는 "자유란 더 나아가기 위한 기회다Freedom is chance to be better."라고 했다. 바로 자유만이 행복의 동반자임을 갈파한 것이다.

자유를 자신 스스로 생각할 수 있고, 그 생각을 아무런 제약도 받지 않고 행동으로 나타낼 수 있을 때 행복을 발견할 수 있다. 사람들은 간단명료한 이 명제를 자신의 독재 수단으로 이용하면서 욕심을 채우고 있다. 이에 동조하는 수많은 군상들을 획책하며 하인을 부리듯 마음대로 선동하면서 활용하고 있다.

우리는 자유민주주의 헌법 질서를 유지하며 생활하고 있다. 혼자만의 자유가 아닌 공동체가 같은 방식으로 자유를 간직하고 동반자로서 동행하는 자유로운 삶의 방식을 간직해야 한다. 인생은 자기만의 것이 아니고 공동체의 삶과 동반하는 미래지향적 삶이면 그곳이 곧 행복이다.

미래가 없다면 누구도 살아갈 수 있는 의지를 상실한다. 미래란 곧 희망이요, 행복을 지향하는 삶의 꽃이다. 사람들은 무릉도원이나 장엄한 풍광을 자랑하는 세계를 바라는 것이 아니라 자유가 있는 행복의 세계를 꿈꾼다.

요즈음 우리를 슬프게 하는 것들을 많이 보고 느낀다. 자기만의 자유가 있으면 상대방의 생각은 아예 상관하지 않고 무질서한 행동을 일삼는 군상들은 우리를 슬프게 한다. 자유는 방종이 아니라 조신操身하고 다른 사람의 자유 영역을 넘나들지는 않는지를 늘 걱정하는 마음이 있어야 한다.

선동을 하루의 일과처럼 여기는 군상들도 우리의 가슴을 아프게 한다. 이념의 노예가 되어 진보라는 너울을 쓰고 좌편향左偏向에 휩쓸려 공동체의 자유를 침범하며 사회의 모든 영역을 휘젓는 현실도 우리를 슬프게 한다.

자유는 "자연으로 돌아가."라는 루소의 말처럼 자연스러운 상태를 유지하고 누구나 필요하면 부담 없이 사용할 수 있어야 한다. 사람에게는 천부의 권리가 보장되어 있는 것처럼 자유롭고 평등한 삶을 누릴 수 있는 자유도 누구에게나 보장되어야 한다. 사람은 누구나 행복한 삶을 바라며 행복의 동반자로서 자유가 늘 함께해야 한다.

# ● 창의적 평화의 참모습

잡념을 씻어내고 욕심을 버림으로써 전쟁이나 갈등이 없이 평온한 마음의 평정을 평화라 이른다. 평화는 사랑이 있는 모습이며 이웃을 도와가며 서로의 어려움을 나누면서 동행하는 세상살이를 말한다.

평화의 이미지는 전쟁이 없는 사회라고 간단하게 설명할 수 있다. 그러나 직접적이고 외적인 면을 벗어나서 생각한다면 '마음의 안정'이 더 가까운 개념이 아닌가 한다. 평화는 건강한 신체로 사회생활을 조화롭게 이끌면서 마음과 영혼이 일체가 되어 안정된 자세를 유지해야 한다.

마음의 안정으로 맑은 빛깔의 영혼이 유지되고 삶이 버겁지 않으면 자유로운 세상살이로 평화가 곁에 있는 정의로운 사회라고 하겠다. 평화는 남에게 해를 끼치지 않는 도덕이 선행하는 사회로 누구나 마음 편하게 자신의 성취 의욕을 펼칠 수 있다.

사람들은 자신의 능력을 다른 사람의 간섭을 받지 않는 평등한 사회에서 누구나 창의적이고 창조적인 생각을 충분하게 발휘할 수 있게 살아가기를 원한다. 평등사회라는 이미지는 진보라는 너울을 쓰고 남을 선동하는 일에 휩쓸려 모순과 거짓의 빛깔을 갖추려는 사회가 아니다.

평화의 모습은 창의적이고 창조적이어야 그 모습이 아름답게 빛을 발산할 수 있으며 누구에게나 찬사를 받을 수 있다. 독재자나 그를 추종하는 무리가 아니라면 조화롭고 안정된 사회에서 평화를 즐기며 살기를 원한다.

평화의 상대적 개념은 일반적으로 전쟁이다. 모든 사람들은 전쟁이 없는 세상을 원한다. 우리는 평화라는 꽃이 화려하게 피어 있고 사회정의가 살아 있는 곳으로 조화와 균형을 이루면서 평정심을 잃지 않는 세상을 원한다.

평화를 모르면 오직 남을 헐뜯고 남의 재능이나 재물을 탐해서 전쟁의 소용돌이를 만든다. 전쟁은 이를 선동하는 무리들이 모여 희희낙락하는 암흑의 세계로 파멸과 재앙을 어린이들의 소꿉장난 정도로 치부한다.

사람들은 이념이라는 공허한 사상을 앞장 세워 욕심에 사로잡혀 약자를 억누르는 전쟁을 그쳐 본 적이 없는 듯하다. 1 · 2차 세계전쟁은 고사하더라도 이름이 알려진 전쟁은 역사가 시작된 이래 그치지 않았고 아직도 우리는 전쟁의 후유증으로 남북 분단의 아픔을 안고 살아가고 있다.

전쟁을 겪었거나 비슷한 경험을 가져 본 국가나 민족은 그 후유증에서 벗어나는 데 국력을 총동원하면서 평화를 찾아 상당한 시간과 노력을 보낸다. 평화가 없으면 자유를 찾을 수 없고 정의와 안정감이 무너져 살아갈 의욕마저 잃어 내일이라는 희망이 없는 삶이 이어진다. 평화는 자유라는 환경에서 자라는 존엄하고 지고지순至高至純한 영혼이다.

평화는 사회 정의가 바로 서고 친화력으로 평온한 마음이 삶의 덕목으로 다가서며 개인은 항상 편안한 마음으로 웃음을 찾게 된다. 웃음이 있는 세상살이는 갈등을 해소시켜 아늑한 분위기를 연출함으로써 이웃과 더불어 생활하며 내 가족이나 다름이 없는 사회를 형성한다.

『예기禮記』에서도 평화의 개념을 사회정의에서 찾았다. 권력을 독점하는 자가 없고 안정된 생활이 보장되며, 각자가 충분히 자신의 재능을 발휘할 수 있는 범죄가 없는 사회를 선결 과제로 내세운 것이다.

전쟁이 없고 자유로운 세상이 평화의 상징으로 개인에게는 남과 갈등이 없어야 한다. 평화의 이미지는 보편적으로 좁게는 전쟁을 하지 않는 상태를 말하지만 학술적인 평화는 분쟁과 다툼이 없이 서로 이해하고 우호적이며 조화를 이루는 상태, 즉 인류가 목표로 하는 가장 완전하고 이상적인 상태를 이루는 사회를 말한다.

사람들은 평화를 말하면서 상대적인 개념이라고 할 수 있는 평화를 해치는 전쟁을 가볍게 이야기한다. 전쟁의 아픔이나 고통을 겪어보지 않은 세대들은 그렇다 치더라도 그 실상을 알 만한 사람들의 선동적인 언행을 보면서 개탄스러움을 금치 못한다.

사람들은 지혜로움을 잃어가고 있다. 평화는 전쟁이 없는 세상이라는 단순한 생각을 잊은 듯한 모양새를 쉽게 대한다. 이를 반영이라도 하듯 평화란 정확히 정의할 수 없는 개념이면서 행복과 같은 추상적 개념에 불과하다고 말하는 이도 있다.

나라가 안정되어 온 나라 국민이 아무 걱정 없이 즐거운 세월을 구가한다는 태평연월을 우리는 평화라고 부른다. 이러한 세상에는 정의가 있고 남을 속이려는 음해나 갈등이 없다. 이러한 세상은 행복이 충만하여 삶의 평정심이 세상을 아름답게 꾸민다.

평화의 상대어로 전쟁을 제일 먼저 연상하지만 인간은 다른 사람과 동고동락하며 때로는 상대를 시기하면서 마음 씀씀이를 해칠 때가 있다. 인간은 전쟁보다는 자신의 마음을 안정시켜야 한다. 마음이 거칠지 않고 안온하면 평화는 자연히 개인의 마음에 안주한다.

창의적이고 창조적인 평화의 참모습은 사람마다의 마음을 정화하여 깨끗한 인간의 모습으로 돌아서는 일이다.

# ● 지혜와 삶의 무게

　사람들은 살아가면서 맛과 멋이 철철 넘쳐흐르는 삶이 이루어지기를 원하며 그러한 삶을 위해 자신의 영혼을 바친다. 살아가는 도중에 맞이하는 빛깔 있는 삶은 무겁거나 아니면 가볍거나 어쩔 수 없이 무게를 간직하며 희망이라는 미래를 향해 뚜벅뚜벅 걸어가고 있다. 그 속에는 지혜로운 삶의 무게도 있지만 어쩔 수 없이 어깨에 짊어져야 하는 삶의 무게도 있다.

　인류가 이 지구상에 정착하면서 인간의 삶은 이어져 왔다. 홀가분한 마음으로 즐거운 생활을 이어오는 이가 있는가 하면 불행의 씨앗을 늘 가슴에 품고 고달픈 인생을 엮는 이도 있다.

삶은 그 자체가 무게가 있는 것이 아니라 살아가는 사람의 마음가짐이나 삶을 지탱하는 세상살이에서 무게를 만든다. 삶은 육신만이 아니라 그 사람의 정신력이나 영혼이 어울려 사람이 사람다운 인생을 선보인다. 여기에 영혼과 지혜가 어울려 한 몸이 된다면 아무리 무거운 삶의 무게라도 가벼운 인생살이가 될 것이다.

삶은 시작부터 무게를 동반하는 것은 아니다. 살아가면서 자기 정체성을 깨닫고 어떻게 살아야 하는가를 의도적으로 지향하면서 자아실현의 문턱을 넘어서는 시기가 되어야 점차 삶의 무게가 느껴지기 시작한다.

천진난만한 어린이들은 언제나 즐거운 마음으로 모든 것을 희망에 찬 눈으로 바라보며 한결같은 세상살이가 이어질 것으로 믿는다. 아이들은 삶의 무게를 느끼지 못하며 굳이 그것을 깨우치려 하지 않는다. 그들은 순수한 가슴이 있어 인생의 길잡이가 되므로 삶의 무게 따위는 안중에 없다.

우리들은 그늘이 없는 순수한 가슴을 안고 있는 어린이들의 마음을 배우려 하지 않는다. 그러면서도 자신은 가장 아름다운 가슴으로 가장 이성적이며 가장 완벽하고 지혜로운 삶을 걷고 있다는 어리석음에서 벗어나지 못하고 있다.

인생은 지혜만이 있는 것이 아니다. 인생살이엔 수많은 것들을 소화하면서 우직하게 생활을 엮어나가며 자신만이 생산적이라고 여기는 진행형의 인간상을 보이는 이도 있다. 아니면 모든 것을 오늘보다 내일에는 이루어질 것이라고 믿는 미래형의 사람도 있다.

진행형이든 미래형이든 어떤 형태의 삶이 옳고 그르다는 인식을 떠나서 인생은 자신만의 삶의 무게를 지고 걸어가고 있다. 가볍거나 무겁거나 현재로서는 측정할 수 없는 인생행로이다.


인생을 등산에 비유하는 이가 많다. 완만하고 평탄한 길을 걸을 때는 즐거운 마음으로 웃음을 교환하며 부담 없이 나눌 수 있는 이야기로 여유로운 산행의 첫걸음을 시작한다.

험난하고 위험스러운 산에 왜 오르느냐고 했더니 산이 거기 있어 오른다는 글을 읽은 적이 있다. 어찌 되었든 정상에 오르면 드넓은 들판을 바라보는 마음은 호연지기浩然之氣에 삶의 무게를 행복한 축복으로 가득하게 마련해 준다.

산행에는 평탄한 길만 있는 것이 아니다. 가파른 언덕이 있는가 하면 자칫하면 숨이 가쁘고 다리가 휘청거릴 때도 있고 천 길 낭떠러지로 떨어질 수도 있는 위험천만한 길도 기다리고 있다.

인생도 가파른 언덕길과 같은 고달프고 고통스러운 일도 만날 수 있고 때로는 천 길 낭떠러지와 같은 불행의 늪에서 헤어나지 못하고 갈팡질팡하며 인생의 막다른 길을 택하려는 위험한 수위에 도달하기도 한다.

인생은 자신이 만든다. 등산에서 위험천만한 길을 만나듯이 인생도 살아가면서 고통과 시련을 수없이 만나지만 그 모든 것이 그 사람이 짊어져야 하는 삶의 무게이다. 그 무게는 다른 사람이 억지스럽게 지워 준 짐이 아니라 자신이 세상살이에서 만든 것이다.

짐 없이 홀가분하게 사는 사람은 없다. 마음을 비우고 번뇌에서 완전하게 벗어났다면 몰라도 사람은 누구나 이 세상에 태어나 저마다 힘든 삶의 무게를 감당한다. 창의적이고 지혜로운 삶이 아니었다면 한때도 시리고 아픈 가슴을 벗어버리는 삶을 살아보지 못하는 아쉬움을 남긴다.

우리 인생은 자신에게 주어진 삶의 무게라면 그 무게를 감당하는 게 현명하고 지혜롭다. 때가 되어 언젠가 삶의 무게를 벗어버리고 짊어진 짐을 풀 때가 된다면 삶의 무게만큼 보람과 행복을 얻는다.

우리는 남에게 뒤지지 않으면서 누구나 멋지고 품위 있는 삶을 원한다. 그러한 삶을 위해 참고 견디는 인내력과 참신한 정신력, 그리고 자신이 할 수 있는 노력을 힘껏 발휘한다. 인생의 종착역은 행복이 넘치는 삶이 되었으면 하는 소원도 간직한다.

삶을 뒷받침하는 기능은 수없이 많다. 그중의 하나가 사물의 이치를 깨닫고 영묘靈妙한 마음의 기능을 바르게 한다는 '격물치지格物致知'이다. 사람들은 지식을 깨달았지만 심성이 곧지 못한 사례가 많다.

지식과 심성이 하나로 엮어 있지만 삶의 최대 이상으로 여기는 행복을 갖추지 못하는 사례도 많다. 바로 격물치지를 올바르게 이해하고 실천할 때 행복이 곁에서 두 팔로 반길 것이다.

자신의 정체성을 확립하는 순간부터 인생은 삶의 무게를 느낀다. 가난도 부유한 생활도 사회생활도 삶의 무게를 간직하게 된다. 그러나 생각의 틀을 바꾸어 혁신적인 생각으로 책임을 다하는 인생이 되고 희망적인 인생으로 다시 탄생하게 된다면 해석이 달라진다.

우리네 인생은 단순하지 않다. 기쁨과 즐거움이 넘치고 밝은 햇살이 오늘을 희망으로 물들이며 비치는가 하면 어느 한쪽은 슬픔과 아픔의 그늘이 드리워져 있는 게 우리네 삶이다.

삶의 무게는 인간이 감내해야만 하는 짐이다. 인간에게는 사랑과 행복, 여유로운 심성만이 있는 것이 아니라 때로는 근심, 걱정이나 아픔, 고통도 있지만 모든 것이 무게를 간직한다. 무겁고 가벼움은 마음에 심는 사랑과 버거움에 따라 가벼운 것도 무겁게 느끼며 무거운 것도 가볍게 다가선다.

가끔은 우리도 삶의 진리를 생활에 적용하며 살아간다. 빗길에 바퀴가 빠져 헛바퀴가 도는 차에는 일부러 무거운 짐을 싣는다. 아프리카 어느 원주민은 강을 건널 때 급류에 휩쓸리지 않기 위해 큰 돌을 진다고 한다. 모두가 생활에서 얻은 진리이다.

진리도 지혜도 사랑도 행복도 사람이 만드는 것이며 사람이 무엇보다 우선으로 바라는 것들이다. 사람들 자신이 만든 진리와 지혜는 살아가는 길잡이로서 항상 마음을 올곧게 다듬는

데 쓰인다. 사랑과 행복은 마음의 평정을 위해 진리와 지혜의
영역에서 벗어나지 않도록 조심한다.

지혜는 거짓이 없으며 순수한 열정으로 인간의 삶을 축복과
행운이 함께 찾아오도록 거들어 준다. 이러한 인간의 삶은 무
게를 느낄 수 없으며 진실만을 간직하게 만든다.

가볍지도 무겁지도 않은 삶의 무게 안에서 우리의 영혼만큼
은 늘 신선한 진리가 있고 평온한 삶의 아름다움을 느끼며 살
아갈 수 있으면 한다. 인간의 바람은 영혼 안에서 숨을 쉬는
행복이다.

인간의 이상은 행복이다. 행복이 있는 삶은 무게를 느낄 수 없다.
인간은 행복을 위해 열정을 다하여 자신의 인생을 가꾼다. 인간
이 나이를 먹고 황혼기에 접어든다는 것은 삶의 무게를 벗는
일이다.

# ●강심江心을 닮은 삶의 깊이

언덕 위에서 바라보는 강물은 오늘도 소리를 죽이며 슬며시 흐르고 조용히 종착역인 넓은 바다를 향한다. 가늘게 번지는 물결 하나 찾을 수 없는 강물의 흐름은 한 폭의 풍경화를 연상시킨다. 유유히 흐르는 강물이라고 하지만 나름대로 나직한 소리를 보태면 한결 빛깔 있는 모양새라고 하겠다.

강물의 발원지는 깊은 산속이 보편적이다. 발원지에서 솟는 샘물은 맑고 깨끗하고 잡티 하나 볼 수 없는 원천수源泉水로 순수한 어린이의 유리알처럼 맑은 심성이 돋보인다.

샘물은 골짜기를 타고 흐르는 계곡물과 어울리며 아랫마을로 길을 재촉한다. 가다가 멈칫거리며 옆길로 새기도 하지만 개울을 만나면 다정하게 이웃하며 폭을 넓히며 재잘거리기도 한다.

가다가 급류에 휘말리거나 낙차가 큰 폭포를 만나면 요란한 소리를 내며 격랑의 물결을 만들기도 한다. 우리는 이름난 급류나 폭포가 없지만 급하게 요동치는 물살을 가는 곳마다 볼 수 있다.

다른 나라에 비해 우리나라는 태풍으로 인한 피해가 많지 않지만 한번 만났다 하면 댐이 붕괴되기도 하고 강물도 범람하여 농경지는 물론 주민들도 큰 피해를 입는다. 마을이 온통 물바다가 되어 복구하는 데만 경비와 시간을 기울여야만 한다.

흐르던 물길이 넓어지면 강물도 평온해진다. 강물은 강심江心이 깊을수록 소리를 죽인다. 어쩌면 사람의 넓은 도량과 심오한 경지에 도달한 지혜를 가름할 수 있는 느낌이다. 강물은 계곡과 개울과 시냇물을 지나면서 소리를 가슴으로 안는 기술을 익히듯이 사람도 흐르는 세월 따라 노력과 혁신과 신사고로 신념을 갖추면서 지혜가 개발되었다.

강물은 사람의 심성과 일맥상통한다. 강물의 종착역이 바다라면 사람의 종착역은 사랑이 충만한 행복의 세계이다. 행복에 이르는 길은 삶을 다스리며 건강한 생각으로 잡다한 생각에서 벗어나 나이에 버금가는 사랑이 있고 지혜가 있어야 한다.

사람의 마음도 강심과 같이 나이를 먹고 살아오면서 여유와 사랑을 배우며 바르게 마음을 가졌다면 겉으로 요란한 소리를 내지 않고 유유한 강물처럼 흐르는 삶의 깊이를 간직할 것이다. 잘 익은 과일처럼 아름다운 빛깔은 자랑할 수 있지만 요란하게 물드는 단풍은 닮지 않을 것이다.

강물을 이루기 전의 발원지에서 솟는 샘은 어린이들의 순진무구한 마음을 닮아 맑고 평화스러움을 느끼게 한다. 골짝을 흐르는 물도 재잘거리는 소리는 들리지만 요란하지 않다. 그러나 물의 흐름은 항상 단순하고 은근한 것만은 아니다. 사람도 세월의 나이를 먹으며 단순하게 늙어가는 것만은 아니다.

한창 혈기가 왕성한 때의 사람을 질풍노도기疾風怒濤期에 해당된다고 한다. 요란한 소리를 내는 시기이다. 말하자면 왕성한 젊음만 믿고 삶의 의미를 찾지 못하고 우왕좌왕 날뛰는 시기이다. 강물이 폭포를 만나 요란한 소리와 함께 낙차 큰 낭떠러지로 급물살을 쏟아내는 것과 같다.

인간의 젊음은 자기의 정체성을 찾고 아직은 인생의 종착역을 머리에 두지 않지만 자신의 마음을 다듬는 시기로 자신이 어떻게 살아야 할 것인가를 깨닫는 자아실현의 시기이다. 강물도 폭포를 지나고 나면 조용한 물살로 깊이를 더해가며 강으로서의 이미지를 갖춘다.

인간도 점차 자신의 위치를 깨닫는다. 강물이 자연의 섭리에 따라 세월을 삼키며 흐르듯이 사람이 나이를 먹는 것도 자연의 섭리이므로 마음속으로 지혜롭게 화답하며 삶이 축복과 은혜로 화답하는 길로 접어들어야 한다.

강심이 깊으면 강물은 흐르듯 멈추어 있는 듯 움직임이 없는 것 같다. 발원지에서는 영롱한 샘물이었지만 검게 보이다가 어쩌면 청남색인 듯 속마음을 숨기고 있어 달관한 사람의 마음인 양 겉으로 드러내지 않는다.

사람도 나이가 들면 천방지축 이리저리 마음을 빼앗기다가 인간의 도리를 깨우친다. 인간으로서의 찾아야 할 예지叡智와 지켜야 할 덕목과 갖추어야 할 지성과 빛나는 지혜를 마음에 품으면 깊은 강물의 빛깔을 띤다.

강이 깊으면 깊을수록 신비하고 경이적인 이미지를 지니며 겉으로는 비밀스러운 빛깔을 띤다. 신비하고 경이적인 이미지는 노년을 맞이하는 인간의 마음에도 나타난다. 우리는 과거를 잊고 현재의 행복한 순간만을 기억하는 예지를 지녀야 한다.

사람은 어쩔 수 없이 세월이 지나면 노년을 맞이한다. 곱게 늙고 즐거운 노년을 바라는 것이 현명하다. 강물이 자신의 마음을 감추고 조용히 흐르는 슬기를 배워야 한다. 사랑과 감사의 마음으로 이웃과 자연의 신비를 하늘의 선물로 받아들여야 한다.

마음에들지 않아도 불평 없이 모든 일들을 밝은 마음과 사랑의 눈으로 보며 소박하고 간결한 생활의 멋과 기쁨에 만족해야 한다. 가능하다면 나이가 들면서 강물의 흐름처럼 소리를 내지 않고 인생도 삶의 깊이에 맞먹는 깨달음에 만족해야 한다.

# ●영혼을 가슴에 담자

사람들은 진실성이 없는 삶을 살면서 자신의 처신을 당연한 것으로 생각하며 주위의 관심에는 전혀 신경을 쓰지 않는 경우가 많다. 그러면서 자신의 삶은 자기의 것으로 남이 탓할 것도 아니며 다른 사람의 삶에도 그 사람만의 것이므로 자신과는 관계를 맺지 않으려 한다.

개인의 삶은 남이 탓할 것도 아니며 살아가는 방법을 깨우쳐 일러 말할 수 없다. 그러나 우리는 사회인으로 지켜야 할 도리가 있으며 인간으로서 갖추어야 할 덕목을 헤아리며 살아야 할 의무가 있다. 나만의 삶이 아니라 이웃과 더불어 사랑을 나누고 삶의 지혜를 터득해야 한다.

우리는 살아오면서 숫한 일을 체험하며 그것을 삶의 과정이라고 믿는다. 물론 삶의 한 과정으로서 체험을 무시할 수 없으며 그러한 체험이 많을수록 삶의 길잡이로서 자신감을 심어주어 시행착오를 겪지 않을 수 있다.

사람의 생활은 단순하지 않아 체험만으로 살아가는 것이 아니라 '생각하는 힘'을 가지고 있어 자신의 생활을 설계하는 능력을 갖추고 있다. '생각하는 힘'은 심오한 능력에서 오는 이성적이며 예지적 능력 등 다양한 색깔의 이미지를 생각할 수 있다.

'생각하는 힘'은 사고력이다. 인간의 두뇌는 창의적 사고력과 발전하려는 진취적 기상과 이지적인 지성을 저장하는 창고 역할을 한다. 지나온 날을 돌이켜 보면 우리 민족은 우수한 두뇌를 가지고 있었다. 우수한 두뇌에서 나온 발명품이 문화적 산물로 재현되어 아직도 다른 민족이 넘보지 못할 귀중한 보물로 남아 있다.

사고력은 가슴에서 싹트는 심성이 아니다. 이를 사람의 가슴으로 옮겨오는 것이 참다운 인성을 창안하는 길이다. 머리에서 사고력이 싹튼다고 하면 가슴에서는 사람이 살아가는 사랑을 발견할 수 있다. 김수환 추기경은 사랑이 머리에서 가슴으로 내려오는데 70년이 걸렸다고 했다.

영혼은 실체가 있는 모습이 아니며 종교적인 내밀한 정서나 철학적이고 관념적인 사고의 결정체에 불과하다. 실체가 없는 관념적인 결정체를 인간은 영혼에 빗대어 말하기를 즐긴다.

진실성이 없거나 사실을 왜곡하는 사람을 '영혼을 잃어버렸다.'고 한다. 진실성이 없고 거짓으로 자신을 포장했을 때 흔히 쓰는 말이다. 줏대가 없고 기회주의자로서 진실에서 벗어나려는 사람을 깔보며 던지는 말이다. 실체가 없는 영혼을 잃어버렸다는 것은 희화적戲畵的인 표현이다.

영혼은 실체가 없다. 세상의 많은 종교는 영혼은 사라지지 않는다는 영혼불멸설靈魂不滅說을 내세운다. 육신은 죽어도 영혼은 죽지 않는다는 이야기로서 인간이 육신만을 대상으로 했을 때 정신면이 홀대를 받게 된다. 사람이 일생을 마치면 육체는 사라지고 영혼은 떠돌다가 정착한다고 믿는다.

살아 있을 때 그 사람이 성실한 인생을 살았다면 영혼도 좋은 곳으로 안착할 것이고 그렇지 못하면 그에 상응하는 대우를 받게 된다. 영혼은 사람들이 이상적으로 안착할 수 있는 그늘로서 사유思惟의 핵심 안식처이다.

　사람은 생각하는 것만으로 인생을 엮어갈 수 없다. 지적 안식처는 머리로 미래를 엮어가지만 가슴이 뛰는 심성이 자리를 잡지 못하면 인생은 반 토막에 불과하다. 따라서 인생은 실체가 있는 육신이나 정신적인 안목으로 발견할 수밖에 없는 심성의 세계가 하나로 인식된다.

　머리의 지적인 사유의 실체가 사랑으로 점철되는 가슴으로 내려오자면 머리를 비워야 한다. 인간은 나이를 먹으면 그에 상응하는 잡다한 번뇌에 시달리게 된다. 불가佛家에서 말하는 백팔번뇌라고 하는 잡다한 생각을 버리고 머리가 하얗게 비지 않으면 가슴도 벅찬 잡념으로 빈자리가 없다고 한다.

　가슴이 비어야 채울 공간이 있다. 그러나 이제는 버려야 할 쓸데없는 것들이 추억이라는 이름으로 몰려온다. 우리는 잡념을 채울 공간을 만들 여유를 가지면서 번뇌를 버리는 사유의 시간을 얻어야 한다. 가슴은 심성이 자리를 잡고 느낌으로만 얻을 수 있는 공간이다.

　잡다한 번뇌를 버리고 머리를 깨끗하게 비우면 사유의 시간을 충분히 활용할 수 있다. 나이가 들어 창의적인 생각이 빈약하여 새로움이 적다고 하지만 지나온 시간은 원숙미를 안겨주었다. 요즈음 신사고 세대라고 하여 경험을 바탕으로 한 노련미가 우대를 받고 있다.

영혼은 머리를 차지하고 있는 정신적 지주이다. 이를 가슴으로 받아들여 풍요로운 심성을 갖추게 해야 한다. 영혼이 사랑과 결합되어 아름다운 인생을 설계하여 실천하면 인간의 심성은 한결 넉넉하고 여유를 갖게 된다.

사람은 머리가 풍요로워 지적으로 넉넉하기보다 마음이 풍요로워 안정된 심성이 있어야 영혼도 방황하지 않고 길들여진다. 지적이고 이지적인 사람은 관찰력이 두드러져 생활에 불편을 덜어준다. 그러나 심성이 고우면 생활을 아름답게 엮어 아늑하고 평화스러운 세상살이를 나타낸다.

우리는 안정감이 있고 사랑이 있는 세상살이를 원한다. 이를 위해서는 지적 사유와 결합되어 창의적이고 참신성을 추구하는 우리 영혼을 사랑과 넉넉함과 어울릴 수 있는 가슴에 잠들게 해야 한다.

# ●창조의 넋은 호기심이다

　인간이 태어나서 처음 대하는 모든 것은 새롭고 신기한 것들이다. 사람은 처음 대하는 자연 현상이나 인간들의 모든 것들을 알고 싶어 하는 감정이 있다. 이러한 감정을 우리는 호기심이라 부르며 다른 동물이나 심지어 곤충이나 벌레 같은 생명체에서도 흔히 발견할 수 있다.

　새롭고 신기한 것을 좋아하거나 모르는 것을 알고 싶어 하는 마음은 인간이나 동물에게서 발현되는 지극히 평범한 현상이다. 우리가 신기한 것을 대하면 그대로 지나치지 않고 알고 싶어 하는 감정으로 인간은 계속 발전하여 왔고 문화를 창조하여 왔다.

동물이나 생명을 가진 모든 사물들도 호기심을 가지고 있으나 그것을 자신의 발전에 이용하는 기회를 찾지 못하였다. 자신들의 삶을 발전시키려는 의도가 없어 나름대로의 기능을 발휘하지 않았고 인간의 지능을 따르지 못하고 현상에서 벗어나는 의도마저 상실하고 말았다.

인간은 칠정七情으로 마음을 대변하면서 늘 즐겁고 행복한 삶을 추구하고 그것을 위해 모든 정열을 바친다. 열정이 있는 삶은 희망이라는 어휘를 가슴에서 지우지 않는다. 호기심은 많은 생명체의 능력이지만 정형화된 정서가 아니므로 인간의 본능에서는 벗어난다.

호기심은 처음부터 관심의 대상이다. 자신이 새롭고 신기하다고 생각하는 자체가 새로운 대상에 대한 관심이며 신기루 같은 발견이다. 처음 대하는 대상이나 현상은 모두가 의문이며 그것을 알려는 마음은 지극히 당연하다. 호기심은 관심에서 출발하며 현재보다 발전하려면 관심을 앞세워야 한다.

호기심에서 출발한 관심은 탐색 과정으로 이동한다. 호기심의 대상은 미지의 세계의 대상이므로 사람은 그것을 알려는 욕구에 의해 탐색하게 된다. 사람의 지적 욕구는 그대로 지나치는 일이 없다. 인류가 문명을 창안하고 삶을 발전시켜 온 원동력은 탐색하는 일을 멈추지 않았기 때문이다.

삶은 언제나 자연스럽게 발전해 오면서 행복을 추구해 온다. 행복은 즐겁고 재미를 느끼는 삶으로 그 씨앗은 호기심에서 움텄으며 하느님이 인간을 이 세상에 안주시킨 목적이다. 하나뿐인 인생을 재미있게 살라고 창조자가 우리에게 내려준 무기가 호기심이다.

창조자가 인생을 재미있게 살라고 우리에게 내려준 무기가 호기심이라 했다. 무미건조한 생활로 하루의 일과를 메우는 보편적인 사람들에게 던지는 메시지이다. 궁핍한 어조로 자신을 속이는 변명으로는 다시 삶의 의미가 무미건조한 늪 속을 헤맬 수밖에 없다.

호기심은 용기를 동반해야 빛과 힘을 얻는다. 새로운 것을 보고 호기심을 느끼는 것만으로는 인생은 언제나 자기 걸음에서 벗어나지 못한다. 호기심에 의해 내 삶을 이해하고 자신을 성찰하는 것은 누구나 할 수 있다. 보편적인 생각에서 한 걸음 더 나아가 내 삶의 새로운 변화가 일어나게 해야 한다.

호기심은 용기와 모험의 캐릭터로 어린이들의 심성에 맞아 떨어져 방송이나 매스컴에서 만화로 많이 다루어지고 있다. 이에 어린이들이 나름대로 새로운 세계를 맞이할 수 있다고 다짐하는 것이 그들이 접근할 수 있는 창의력이다.

용기가 있어도 그것을 실천할 의지가 없다면 삶의 변화를 기대하기 어렵다. 용기에 의한 삶의 변화는 창조의 정신이며 창조의 넋이다. 인간이 창조의 넋을 간직하지 못했다면 문명의 발달도 문화의 창조도 없었을 것이다. 문명의 발달과 문화의 창조는 바로 인간의 호기심 발현에서 움텄다.

호기심은 창조의 넋으로 언제나 자신에 대한 것으로 매사에 호기심을 가져야 하고 그것을 삶의 원동력이 되게끔 정성을 다해야 한다. 그러나 남의 호기심마저 자기의 관심인 것처럼 매혹되는 일은 없어야 한다.

세르반테스가 "자신의 일에 대해 생겨나는 호기심은 충족시키고 발전시켜야 하지만 남의 일에 대한 호기심은 꿈에서라도 중요한 것이 아니다."라고 한 것에서도 짐작이 가지만 다른 사람이 느끼는 호기심의 대상은 나와는 상관이 없는 것이다.

사람은 자신의 인생을 아름답게 가꾸고 현재를 뛰어넘는 창의력으로 개인의 역사를 창조하고 삶의 폭을 넓혀가야 한다. 호기심이 아무리 자신을 유혹한다 하더라도 개인의 것이지 이웃의 모든 사람의 것이 아니다. 내가 새롭고 신기하다고 느꼈다고 내 이웃도 같은 마음이 아니다.

인류는 하루도 빠짐없이 발전해 간다. 그 원동력은 개인의 호기심에서 출발한다. 개인의 호기심 하나하나가 모여 인류가 필요로 하는 문명을 창안하고 인간의 삶의 질을 높이는 문화를 개척한다. 한 사람의 호기심이 인류 문명을 발전시키고 문화를 선보인다.

사람들은 호기심을 어린이들의 전용물처럼 여기고 대수롭지 않게 여긴다. 그러나 어른들도 성장하면서 숱하게 호기심을 겪으면서 그대로 지나치거나 혹은 탐색 과정을 거치면서 때로는 생활에 편리하게 자연 현상을 바꾸면서 지내왔다. 창의력과 창조의 능력을 발휘해 왔다. 호기심은 인류의 생활을 아름답게 꾸미는 창조의 정신이며 창조의 넋이다.

# ● 자신의 삶을 성찰하자

　사람들은 아무렇게나 살아가면서 자신의 인생에 대해서 한 번이라도 진솔하게 생각해 본 적이 없는 이가 많다. 각자의 삶은 개인의 역사로 다른 사람에 의해 기획되고 실천되는 것이 아니라 저마다 삶을 열어간다. 자기의 삶을 아무렇게나 방치하면서 누구나 그럴 것이란 애매모호한 발상으로 자신을 성찰하는 기회를 놓치고 있다.

　인간의 속성은 앞으로 나갈 준비로 분주하지만 정작 자신이 다른 사람에게 어떤 이미지로 비치는지를 모르고 지낸다. 사람들은 자기의 삶을 살고 있으면서 남의 삶을 사는 것처럼 대수롭지 않게 생각한다거나 진지하고 참신한 생각이 없다.

인생이란 그리 간단한 생각과 행동으로 엮이지 않는다. 때로는 기쁨과 즐거움으로 환호성을 지르며 세상이라는 무대의 주인공도 되지만 그것은 잠시 지나가는 그림자에 불과하다. 관객이 빠지고 나면 적막과 쓸쓸함이 오히려 더 마음을 아프게 한다.

이웃의 사랑을 얻지 못하는 삶은 자신의 생활이 건실하지 못하고 남을 배려하는 마음가짐이 약하기 때문이다. 사람의 삶이란 출발은 각기 다른 형태라고 하지만 누구나 즐겁고 기쁜 마음으로 남에게 간섭받지 않고 평화스럽고 행복한 끝맺음을 바란다.

사람들은 자기 삶을 살지 못하고 강물이 흘러가듯 인생도 세월이 지나면 모든 것이 자연스럽게 이루어질 것이라 믿는다. 굳이 무엇을 해야 될 것이라는 책임감 없이 시간만 메우는 하루를 보낸다. 이들에게는 역발상으로 자신을 돌아보는 시간과 성찰의 시간이 필요하다.

하루를 아무렇게 보내는 이를 본 어느 시인은 "네 삶을 살라 Live your life."라고 했다. 이 말이 간직하고 있는 이미지는 무료

한 생활에서 벗어나 자신이 하고 싶은 일을 진지하게 실천하라는 뜻이다.

삶의 성찰은 자신이 살아온 시간이 간혹 어설픈 면이 있다손 치더라도 덕행을 실천했다면 특별한 의미를 동반한다. 자선이나 봉사 정신이 선행되었다면 진솔하고 사랑이 따른다.

사람들은 남의 삶에 관심을 가지면서 자신을 돌아보는 성찰의 시간을 외면하기 쉽다. 자신의 삶을 살라는 말은 헛되게 인생을 낭비하지 말라는 메시지이다. 삶은 결코 짧은 것도 영원한 것도 아니므로 진지하게 인생의 폭을 넓혀 갈 필요가 있다.

사회는 무의미하게 살아가는 인간의 삶처럼 그대로 안주하는 세상이 아니다. 시간에 따라 발전하고 진보하며 하루가 다르게 변하면서 인간의 삶도 그에 따라 쇄신되어 왔다. 그러나 세상은 변하는데 사람들은 무의미한 생활 패턴으로 새로움이 없다.

현대는 사회의 변화 양상보다 한 걸음 빠른 인간의 창의성을 요구하는 시대이다. 창의성은 획기적이고 남이 감히 생각할 수 없는 생각을 요구한다. 창의성으로 자신을 무장하여 시대의 변화에 걸맞은 삶을 창출하면서 살아야 한다.

  네 삶을 살라는 메시지는 시대에 뒤지는 안일한 삶의 자세를 버리고 자신을 긍정적으로 바라보며 살라는 의미를 은유적으로 표현했다. 자신의 삶의 중요성을 인식하며 보다 밝은 내일을 약속하는 것은 인간의 보편적인 기대감이다. 이를 위해서는 자신의 삶을 보다 신선하게 가꾸어야 한다.

  삶의 자세에 대한 덕행이나 도덕성 등은 평상시 우리가 지켜야 할 규범이다. 대부분의 사람들은 남에게는 철저한 이행을 요구하면서도 자신에게는 무관심하다. 덕행이나 도덕성은 누구보다도 자신이 지켜야 할 덕목임에도 직접 나서기를 꺼린다.

  현대를 살아가는 사람들은 바쁜 일상에 자신의 시간을 빼앗기고 있다. 시간을 빼앗기다 보니 자신의 적성이나 취미에 맞는 일에 정성을 쏟으며 자신의 기능을 발휘할 수 있는 여유가 없다. 자신의 삶을 살아갈 수 있는 기회를 놓치고 만다.

  자신의 삶은 자신이 좋아하는 분야를 개척하며 남이 따르지 못하는 창의력을 발휘하여 오늘보다 살기 좋은 세상살이를 마련하는 일이다. 개척 정신은 세상을 변화시키는 힘으로 인간의 삶을 긍정적으로 발전시켜 나가는 힘의 원천이 된다.

  현대인들은 자신의 삶을 진지하게 돌아보며 넉넉하고 포근한 사랑을 탐색하는 일은 뒷전으로 미루고 자신을 내세우기를 즐긴다. 모두가 잘난 사람, 제일 우수한 자질과 기능을 가졌다고 자랑하는 사람들이 많다. 그들이 잠시라도 자신을 돌아보는 성찰의 자세가 있었으면 세상은 한결 살 만한 것으로 변할 것이라 믿는다.

자신의 모습이 세상살이에서 뒤틀려 남의 지탄의 대상이 되면서도 자기만이 세상에 평화를 심고 행복한 삶을 이룬단다. 그러나 참된 인생을 뒤안길로 밀어내는 어리석은 자들이다. 자신의 삶을 살라고 하는 메시지는 진실한 마음으로 참회하고 참신한 인생으로 다시 태어나는 것이다.

# ●애인여기愛人如己의 삶

사랑을 주제로 한 이야기는 수도 없이 많다. 사람들은 사랑을 위하여 삶을 이어가고 사랑을 위하여 일생을 바치는 일이 허다하다. 애인여기愛人如己는 다른 사람을 내 몸 같이 사랑하라고 이르는 말이다.

우리의 세상살이는 더불어 살아간다. 정을 나누며 서로 돕고 때로는 이웃의 어려움을 내 일처럼 생각하며 동고동락하는 삶을 이어간다. 우리는 예로부터 향약鄕約 정신을 바탕으로 덕을 숭상하고 예의를 존중하면서 서로 상부상조하는 미덕美德을 지켜왔다.

향약은 자신만이 아닌 이웃을 먼저 생각하고 이웃의 어려움을 자신이 겪는 것으로 여기는 사랑의 정신을 말해 주고 있다.

사랑은 사람이 살아가는 중심 사상으로 아무리 삭막한 세상이라 하더라도 사랑이 없는 세상은 누구나 떠올리기를 싫어한다.

사랑은 서로의 마음에 따뜻하고 온기가 넘치게 하는 바람직한 인간관계이다. 사랑을 주고받으면 세상이 살 만한 곳으로 이웃도 다정하게 다가서며 뛰노는 어린이의 얼굴에는 행복한 미소가 넘친다. 사랑은 행복의 길목을 지키며 미소가 넘치는 세상을 마중한다.

누구나 사랑을 하지만 진정성이 있는 경우를 발견하기 힘들 때가 많다. 아낌없이 주기만 하는 순수한 사랑을 모성애라고 하면 흔히 남녀 사이의 애정을 애달픈 그리움, 간절한 소망이 주류를 이룬다고 말하는데 그것은 두 사람만의 소유물이다.

사람들은 다양한 모습과 방식으로 사랑의 세상을 만든다. 보살핌, 베풂, 자선 등과 같은 시혜施惠의 마음씨가 이웃에 전해진다면 자신을 사랑하듯이 남을 사랑하는 세상을 만날 수 있다. 한국인들이 정을 주고받는다는 말은 곧 사랑의 한 방식이며 다정한 모습이다.

한국인은 정이 많다고 한다. 사랑도 정과 어울려 서로가 서로를 위하고 아끼고 귀엽게 여기고 정중하게 여기는 모든 것을 사랑의 구체적인 마음의 징표라고 믿었다. 한편으로 어른을 공경하는 마음이나 윗사람이 아랫사람을 귀여워하고 아름답게 여기는 바탕 역시 사랑이라고 일컬어져 왔다.

인간 심성은 다양하므로 거기에는 미더움, 미쁨이 따르게 마련이고 도덕심 또는 윤리의식도 밑그림으로 등장한다. 마음씨의 고움과 착함이 어울리는 훈기까지도 사랑의 바탕에 깔려 있었다.

사랑은 미묘한 인간의 감정에서 싹이 트고 꽃을 피우고 열매를 맺으므로 사랑에 대한 감정도 다르고 생각도 다르다. 어떤 사람은 어린이의 웃음에서, 어떤 사람은 젊은이들의 격정적인 감정에서, 또 다른 사람은 노부부가 다정하게 걷는 모습에서 사랑의 모습을 발견할 수 있다.

미국 터프츠대의 스턴버그Robert Stemberg 교수는 열정, 친밀함, 헌신 등 세 가지 구성 요소가 서로 다르게 작용함으로 사람에 따라 사랑의 모습이 각기 다르게 나타난다고 했다.

열정이란 사랑하는 사람에 대한 뜨거운 마음이며, 친밀감이란 상대방과 정서적으로 연결되어 있는 느낌을 말하며, 헌신이란 사랑을 지속하도록 서로를 단단하게 연결해 주는 인연이라 했다. 스턴버그는 이 세 가지 요소가 균형을 이루는 사랑이 진정한 사랑이라 했다.

근래에 와서 열정이라는 말이 화두로 심심찮게 등장되고 있다. 이 말은 어떤 일에 열렬한 애정을 가지고 열중하는 마음을 말한다. 열렬한 애정은 곧 뜨거운 마음으로 사랑하는 사람에게 정열과 감사와 신선하고 산뜻한 마음으로 사랑을 전파한다.

사랑은 상대방과 정서적으로 마음이 서로 연결되어 있는 친밀감이 있어야 한다. 따뜻한 마음을 갖고 상대방을 굳게 믿는 신뢰와 서로의 비밀스러운 것까지 공유하며 아낌없는 정성을 다하는 마음가짐이다.

헌신이란 남을 위하여 이해관계를 떠나서 몸과 마음을 바쳐 힘을 다하는 정신을 이른다. 사랑은 서로의 마음을 주고받는 믿음이 있어 자신을 사랑하는 마음이 곧 이웃을 사랑하는 마음으로 연결된다.

자신을 사랑하는 모양새는 자칫 남에게 좋은 인상으로 비치지 않을 수도 있다. 심하면 자신만을 소중히 여기는 이기심으로 발전하는 듯한 모습으로 나타날 수도 있다. 자신을 사랑하듯이 남을 사랑하라는 이미지로 자기애自己愛에는 이해관계를 떠나 헌신적인 믿음에서 출발하라는 이야기이다.

사랑에 대하여 여러 가지 측면에서 이야기하며 자신만의 생각이 가장 선명하게 표현되었다고 말하는 사람들이 많다. 그러나 사랑은 한 마디로 정의를 내릴 수 없다. 사랑은 인간의 정서가 꽃을 피우는 아름다운 마음의 정원에서 이루어진다.

인간의 정서는 개인이 생산하며 개인이 독자적으로 자신만의 것이 되게끔 간직하고 필요에 따라 감정으로 표현한다. 사랑은 인간의 정서를 서로의 마음으로 전달하는 것으로 사랑하는 사람에 따라 기복을 보인다. 사랑은 인간 정서가 서로의 마음으로 미끄러지는 느낌이다.

## ● 생각의 힘과 미래 탄생

    우리는 생각의 늪에서 오늘을 맞이하며 내일을 기다린다. 끝없는 생각을 하면서 상상력을 발휘하며 문화를 창조하고 미래를 위해서 창의력을 동원한다. 미래는 내일의 것이지만 오늘의 상상력이 동원되어 열매를 맺은 결과이다. 인간의 상상력은 의식이 깨어 있는 동안 떠오르는 생각의 힘이다.

    결국 오늘의 상상력이 창의력을 발휘하여 미래의 역사를 창조한다. 우리의 삶이란 평생 두 가지 일을 병행하며 살아간다. 육체는 무엇을 하든 움직이며 머리로는 무수한 생각을 생산하면서 내일은 오늘보다 더 긍정적인 하루가 될 것이라 믿는다.

우리의 삶에서 생각하는 능력이 없다면 동물의 삶과 별반 다름이 없을 것이다. 인간을 만물의 영장靈長이라고 이르는 말도 사고思考의 능력을 가졌을 뿐만 아니라 창의력을 발휘하여 발전된 삶을 이어가기 때문이다.

인간은 무한한 상상력으로 문명을 일으키고 문화를 창조한다. 나폴레옹은 인류의 미래는 인간의 상상력과 비전에 달려 있다고 했다. 오늘날 우리의 현실을 감안하면 시의적절時宜適切한 표현이다. 상상력은 창의력의 싹을 틔우는 밑거름으로 인간의 삶을 기름지게 하는 원동력이다.

상상력은 누구나 가질 수 있으며 그것을 이용하여 사람마다 자신의 미래를 바라본다. 인간은 시간의 흐름에 그대로 편승하여 오늘에 이른 것이 아니라 무한한 상상력으로 장차 자신이 어떤 모습으로 태어날 것인가를 밑그림을 그려가며 발전한 것이다.

비전은 미래를 내다보는 안목이다. 미래가 보장되지 않는다면 세상살이는 혼란에서 벗어나지 못할 것이다. 이러한 사실은 지혜가 모자라고 어리석은 자라고 할지라도 꿰뚫어볼 수 있을 것이다. 앞을 내다보는 안목은 미래지향적 사고로 끝맺음은 창의력과 결합되어 문명 및 문화의 발전을 보장한다.

생각의 원천은 인간의 사고 능력이면서 창의력이다. 창의력은 인류의 발전을 가져왔고 새로운 시대를 준비하여 나가는 힘이었다. 창의력은 인간의 상상력에서 싹을 틔웠으며 인류가 오늘과 같은 문명사회를 이룰 수 있는 시발점이 되었다.

사람들은 인간의 상상력을 그저 허망한 꿈에 불과하다고 얕잡아 보았다. 그러나 문명의 발달과 문화 발전의 원초가 되는 것은 대수롭게 여기지 않았던 인간의 상상력이다. 인간이 이루고자 하는 꿈의 세계도 상상력에서 열매를 맺는다.

실제로 상상력이란 경험하지 않은 현상이나 사물에 대해 머릿속으로 그려보는 능력을 이른다. 예술에서 머릿속의 생각이 많이 동원되며 느낌을 형상화 또는 기능적으로 완성하는 것 등은 모두가 인간의 상상력에 의한다. 따라서 상상력은 생각의 힘으로 모두가 인간의 지적 또는 정서적 느낌이다.

한편 막스 플랑크Max Pranck는 "과학자는 강렬한 상상력을 지녀야 한다."라고 전제한 후 새로운 아이디어란 논리적 영역이 아니라 예술과도 같은 창의적인 상상력에서 탄생하기 때문이라고 지적하면서 상상력이 크게 주목받지 못했음을 사사示唆하고 있다.

상상력의 가치에 대하여 탐색하려는 수준은 점차 좋아지고 있다고 하지만 아직도 어느 정도의 제약을 가하는 상상력이 대접을 받고 있다. 상상력은 생각의 힘으로 상상력 자체가 인간이 매일 생각하고 또 이를 가슴에 저장하는 것으로 인류가 간직한 미래를 향한 발전의 핵심이다.

우리는 매일매일 수많은 생각에 젖어 하루를 보낸다. 그 속에는 참신하고 신선한 것으로 창의력과 새로운 아이디어를 창출할 수 있는 것은 긍정적이고 혁신적이다. 반대로 잡다한 잡념에 불과한 것도 있어 이는 부정적이고 비생산적 번뇌에 해당된다.

상상력은 긍정적이며 혁신적으로 이루어져야 한다. 부정적이거나 소극적인 자세에서는 미래가 보이지 않는다. 참신한 생각은 창의력과 아이디어와 직접적으로 연결되어 새로운 문화를 창조하며 오늘보다 다가오는 세대를 향한다.

사람들은 새로운 것을 창조하는 능력을 과학적인 힘에 의한다고 한다. 그러나 과학적인 힘은 깊은 사고나 철학적 진리에서 모색되는 것이 아니고 인간의 상상력에서 출발한다. 상상력은 미래를 향하여 늘 새로운 이미지를 생산하며 그것에 의해 인간의 삶을 밝은 빛깔로 탄생시킨다.

상상력을 보편적으로 사람의 정서와 연관시키는 일을 흔히 본다. 예술은 인간의 정서를 대변하는가 하면 실체가 없는 상상을 형상화하는 일이 일상으로 이루어지기 때문이다. 그러나 이러한 자세는 미온적이며 내일을 바라보는 안목이 없다.

인간은 시간의 흐름을 따르면서 미래를 향한다. 인간의 상상력은 미래를 올곧고 밝은 세상살이가 되도록 힘을 다한다. 생각의 힘은 상상력을 키우고 또 상상력은 창의력의 모태로서 인간의 삶을 밝게 한다.

생각은 누구나 가질 수 있으며 덕성이 깊은 사람에게서 움트는 것이라면 미래를 바라볼 수 있다. 밝은 미래는 올곧은 생각에서 출발하므로 결국 생각이 미래를 창조하는 힘이다.

# ● 영혼을 향한 오늘의 열정

인간은 자신의 삶에서 오늘보다 더 보람 있는 내일을 창조하기 위해 열과 성을 다한다. 오늘은 결승점이 아니라 영원을 향한 출발점으로 완주하기 위해 호흡을 가다듬고 도전하는 정신에 자신의 삶을 불태워야 한다. 열정은 가진 힘을 모두 쏟아붓는 혁신에 찬 도전 정신을 말한다.

인간의 도전이 없었다면 영원을 바라볼 수 없다. 영원은 변하지 않고 계속 이어지는 정신으로 수시로 변하는 인간의 삶을 하나로 묶는 기능을 한다. 세상은 불변의 가치 지향적 사고思考를 우선하는 것이 아니더라도 인간은 영원한 삶을 위해 항상 도전한다.

도전과 혁신이 미래를 창조하는 기틀이면서 인간을 세상 밖으로 내몰지 않는 힘이다. 현실에 안주하려는 정신은 성장과 다가오는 시대를 사고의 틀에서 지워가는 소극적인 자세이다. 인간의 삶은 현실에 안주하는 것이 아니라 도전하면서 현실을 혁신하려는 열정이 있어야 한다.

성공의 자세는 남들이 못 하는 혁신적인 사고가 필요하다. 자신이 생각한 것이 처음이 되고 혁신의 출발점이다. 모든 성공의 출발에는 도전이 있고 노력이 비례하면서 다른 사람이 감히 하기 어려운 열정이 있다.

미래는 언제나 발전하면서 그 시대의 주인공이 될 젊은이들을 기다린다. 이 시대의 젊은이들은 모든 성공의 출발에는 도전이 있고 그 앞에는 보이지 않는 노력이 따른다는 교훈을 익혀야 한다. 과거의 어려웠던 시절을 몸소 체험으로 겪고 일어선 것은 젊은이의 열정이다.

도전과 혁신은 영원을 지향하려는 오늘의 열정으로 내일을 변화시키려는 고귀한 정신적 가치이므로 이를 잊어서는 안 된다. 우리가 현재라고 생각하는 오늘도 사실은 어제의 삶이 도전 정신으로 새롭게 맞이한 것이다.

　열의가 없고 하고자 하는 성의가 없는 무의미한 삶을 원하는 사람은 없을 것이다. 그러나 주위를 돌아보면 무미건조한 생활에 젖어 자신의 인생을 낭비하는 사람들을 쉽게 발견할 수 있다. 그 앞자리에 내가 있지 않은 것만도 다행으로 생각하기 일쑤이다.

　사고의 틀을 바꾸어야 한다. 자신을 성찰하는 자세로 생활의 자세부터 고쳐야 한다. 자신이 다른 사람보다 신선한 생각으로 오늘을 살아가고 있다고 마음부터 쇄신해야 한다. 사람들은 자신부터 쇄신하는 방법을 배워야 한다. 모든 것이 바르게 되었다고 생각되면 자신을 칭찬하는 획기적인 방법을 익혀야 한다. 자신을 칭찬하는 마음에는 새로운 사고의 틀이 마련된다.

　우리의 삶이 도전에 직면해 있다면 그 삶은 한결 풍요로워질 수 있는 기회를 맞이한 것이다. 인간의 삶은 항상 도전이 있을 때 발전해 왔다. 도전은 인간의 삶을 보다 능률적으로 발전시키려는 기회를 함께 제공했으므로 도전 정신은 바로 우리의 삶을 쇄신하는 원동력이 되었다.

열정이 있는 도전 정신은 우리의 삶을 쇄신하고 힘차게 발전해 가려는 마음가짐으로 인류의 문명을 도약시키는 기회를 제공한다. 이 세상에서 영원한 가치가 인류의 기대 이상이 될 수 없다손 치더라도 인간은 영원으로 향하기 위해 오늘을 담금질한다.

미래에 우리가 당면하는 세계는 오늘 우리가 살고 있는 현실과 크게 벗어나는 무지無知의 세상살이는 아니다. 우리는 밝은 생각인 예지叡智의 힘으로 미래를 점치고 오늘의 삶과 견주어 보다 문명이 발전되고 문화가 참신斬新함이 있는 세계가 다가오리라고 믿는다.

영원은 미래에 일어나는 일이지만 미래 자체가 영원성을 대변하는 말은 아니다. 미래는 단순하게 다가오는 오늘 이후의 시간으로 인간의 의지로 멈추게 할 수 있는 시간적 개념이 아니다. 영원은 미래의 일로서 지속성을 간직하고 항구적인 시간적 개념이 도사리고 있다. 영구불변의 가치로 설명할 수 있는 것은 아니다. 그러나 영원하다고 하면 지속성이 우선한다.

열정은 온 정열을 다해 혁신적 사고를 가져야 한다. 혁신적 사고는 실천을 우선하면서 자신의 힘과 정신을 하나로 묶어 새로운 것을 이루고자 하는 행동 철학으로 도약한다. 정신적으로 열정이 강해 보이지만 실천력이 따르지 못하면 식어버린 열정이다.

오늘은 겉으로 나타나 있는 현실로 모든 것은 있는 그대로의 모습이다. 다채롭지 못하더라도 생기발랄한 모양과 지니고 있는 정신력은 숨김이 없다. 오늘의 열정은 현실성이 뚜렷한 정신력이다. 영원으로 지향하고자 하는 열정이라면 참신하다.

도전 정신과 혁신적 기개가 결합되면 오늘의 열정은 보는 사람으로 하여금 가슴 흐뭇한 품성을 발견하게 할 수 있다. 현재에 안주하려는 안정적이고 소극적인 자세가 아니어서 이웃과 사랑으로 정신력을 교환할 수 있다.

미래라는 시간에도 같은 맥락이겠지만 영원을 지향하는 모습이라면 활동성이 돋보여야 하며 사고 능력을 현실로 표현하려는 능력이 있어야 한다. 오늘의 모습이 내일에는 발전된 모습으로 변화를 가져와야 한다. 내일은 곧 영원으로 이어지는 구름다리로서 출발점은 오늘이다.

# ● 역사 창출자의 기백

역사는 인간이 세상살이를 하는 시간의 흐름에 따라 자연스럽게 이루어져 왔다. 역사의 창출자는 인간으로 사고의 능력과 창의력을 발휘하여 일신日新의 지혜로 나날을 새롭게 발전시켜 온 것이다. 인간은 개인의 능력과 신기에 가까운 지혜로 늘 새로운 역사를 창출해 왔다.

역사는 인간의 것이며 동물이 진화 과정을 거쳐 현재의 모습으로 나타난 것은 역사의 이미지와는 거리가 있다. 역사는 인류 사회의 발전과 관련된 의미 있는 과거 사실들에 대한 인식이거나 거짓이 없는 진실에 근거한 기록이라고 정의된다.

역사는 사실성에 근거해야 한다는 것은 이의異議를 제기할 사람이 없을 것으로 안다. 때로는 사람들의 흥미를 증진시키는 한 방법으로 허구성을 가미할 경우가 없는 것은 아니다. 그렇지만 진실성이 있는 사실에 근거하지 않은 기술은 역사의 영역에 넣을 수 없다.

역사가는 숫한 방해나 어려움에도 흔들리지 않고 사건으로서의 역사를 재현하거나 사건으로서의 역사에 접근하려고 정직하게 노력하는 사람이다. 그러므로 역사 창출자의 자세는 거짓을 과감하게 물리치고 진실에 접근하는 기백이 있어야 한다.

새로운 역사라는 말은 역사는 언제나 발전하는 모습이지 정체하여 어제와 오늘이 다름이 없다면 인류 사회의 발전과 거리가 있기 때문이다. 젊은이들은 시대의 부름에 호응하는 자세로 새로운 세계를 동경하며 창의적인 생각이 있어야 한다.

새로움만이 역사의 모습이 아니다. 때로는 지워버리고 싶은 것도 역사라는 틀 안에서 존재하며 현대까지 이어오는 사실을 직접적으로 체험한다. 현실을 우리와 함께 있지만 체험하는 사람에 따라 언제까지나 간직하고 싶은 사람이 있는가 하면 지워버리려는 사람도 있다.

역사를 부정하는 이념에 물든 사람들이 부쩍 늘어나면서 나라가 혼란에 빠져들고 있다. 자신들의 생각이 곧 역사인 양 이념의 틀 속에 갇힌 무리들은 과거의 진실을 의도적으로 부정하고 자신이 만들어 놓은 역사의 무덤에 자신의 영혼을 함께 묻고 있다.

역사는 사실의 기록이자 진정성이 묻어나는 역사적 현실성이 공존하는 현실에서는 교훈으로 남는다. 진실을 부정한다고 허구성으로 전락하는 역사는 찾을 수 없으며 유혹에 흔들리는 마음은 상처만 남게 된다.

과거를 부정한다고 역사가 새로운 모습으로 탄생하는 것은 아니다. 과거의 왜곡된 사상에 젖어 명문화된 사실이나 누구나 겪어온 역사를 부정하는 행위는 자신을 역사 속에서 지워버리는 역사의 반역이다.

세계 역사에는 불편부당한 사실이 아닌 권력지향적인 역사가 수없이 많다. 그렇지만 그것도 그 시대의 흐름을 대변하는 역사의 한 곡절이며 그것을 후대인들은 반면교사로 자신의 삶을 성찰하는 기회가 되어야 한다. 자신의 삶을 후대인들이 부정하는 잣대가 되어서는 안 되기 때문이다.

흔히들 조국이 위험에 처했을 때는 젊은이들의 적극적이고 선진형의 생각을 주시한다. 역사 창출은 선진형의 사고로 무장한 열정을 간직한 젊은이로서 현실을 직시할 줄 아는 혜안을 간직해야 한다. 대중 심리에 흔들리지 말고 옳고 그름은 나라의 발전 양상에 의해 판별하는 객관성을 따라야 한다.

역사는 그 시대를 이끌어 가는 젊은이들 것이며 줏대 없는 대중의 것이 아니다. 젊은이가 이 나라를 이끌어갈 주역으로 역사는 젊은이들에게 맡겨야 한다. 젊음은 대중의 심리에 현혹되기 쉽지만 그들에게는 지성과 이성이 있어 현실성을 직시할 수 있다. 역사 창출의 기백이란 이념이나 대중의 심리에 현혹되지 않는 정직한 정신이다.

창출이라고 해서 새로운 것을 만들어낸다는 의미가 아니라 사실을 얼마나 신선한 정신으로 보고, 듣고, 다듬어서 시대정신을 반영하느냐를 말한다. 없는 것을 있는 것처럼 자신의 상상을 보태는 것은 역사 인식에서 절대 금해야 하는 허구성으로 후대인들에게 지탄의 대상이 된다.

씩씩한 기상과 진취성이 있는 정신을 기백이라 한다. 따라서 기백은 젊은이들의 것이며 불의不義를 만나면 정면 돌파의 과감성으로 그것을 물리치고 바른 자세를 고수한다. 역사 부정의 맹랑한 어법은 세속적이며 자아도취에 빠진 세기말적 사상에 젖은 무리들의 방어적 족쇄에 불과하다.

역사 창출은 현재의 것이다. 지나온 역사를 부정하는 마음은 자신이 올곧지 못함을 역사에 기록을 남기는 일이다. 지나온 역사가 현재의 자신에게 불리하게 진술되었다고 해서 과거를 부정하는 것은 현재의 자신을 부정하는 일이다.

역사는 진실과 사료가 기본 바탕이 되어야 한다. 근대 역사학의 아버지라는 평가를 받는 객관주의적 실증주의에 집착한 랑케Ranke는 역사 기술은 사료를 근거로 해야 한다고 강조했다. 역사는 진실이 돋보여야 신선한 느낌을 주며 새로운 역사를 창출하는 힘과 기백을 감지할 수 있다.

역사 기술은 인간으로서 어쩔 수 없이 부딪히는 한계가 있지만 '고귀한 꿈'을 향해 나아가야 한다. 고귀한 꿈이란 진실을 발굴하는 기백이며 자신이 처해 있는 현실이 아닌 미래를 위한 용기와 시대를 초월하는 신선함과 정직한 마음가짐을 말한다.

중국의 사마천司馬遷이 사료史料의 진위眞僞를 판별하려고 온갖 노력을 기울였다는 사실은 기억할 만하다. 그것이 불가능할 경우에는 고대 그리스 역사가인 헤로도토스Herodotos처럼 다른 설명을 병기하거나 불확실한 부분은 공백으로 남겨 놓은 것은 사실에 근거한 이해라는 점에서 높이 평가해야 한다.

역사를 말하는 경구警句에 "역사에 만약은 없다."라는 말이 있다. 이 말은 가설假說을 전제로 한 말이다. 그러나 역사는 진위를 정확하게 판별하여 진실의 역사가 이루어져야 한다. 역사 기록의 팩트는 진실 그 자체로서 역사도 수시로 변하며 발전할 수 있다는 뉘앙스를 풍기면 곤란하다.

역사는 인간의 창의력으로 허구와 가상의 세계를 창조하는 것이 아니라 있는 사실 그대로 기록으로 남기는 일이다. 사실 자체만의 기록이 아니라 판별하는 능력으로 옳고 그름을 동시에 남겨야 한다. 역사 창출이란 자신에게 유리한 것만 택하는 것이 아니라 객관적 시비是非가 존재해야 한다.

사람들은 대중의 의식을 개조한다거나 혁명으로 현재를 미래에 맞추어가며 역사를 창조하려고 한다. 특히 마르크스는 생산력과 생산 관계의 발달에 따라 역사가 진보해 간다고 했다.

그러나 역사는 미래가 아니라 지나온 과거에 어떤 일이 있었는가를 판별하는 것을 기준으로 해야 한다.

우리 사회가 진보라는 틀 속에서 과거의 역사를 부정하고 자신의 입맛에 맞는 역사를 재생산하고 있다. 그러나 역사는 시대에 따라 바뀌는 것이 아니라 실증주의와 객관성에 의해 기록되고 체험으로 겪은 사실은 아무리 시간이 지난 과거라도 쉽게 변두리로 물러서는 일은 없다.

오늘을 살아가는 현대인은 역사 창출의 기백을 지녀야 한다. 참신한 정신으로 진실을 찾아 지켜나가는 영혼이 있어야 한다. 젊은이들은 과감한 정신으로 진실을 호도하는 세력을 맹목적으로 추종하는 이들을 물리치는 기백이 있어야 한다.

역사 창출은 어디까지나 사실에 기반을 두어야 한다. 허구성에 바탕을 둔 증명되지 않은 사건을 진실인 것처럼 타인을 호도하는 것은 역사가 아니다.

오늘도 역사는 창출되고 있다. 무엇이 진실인지 꼼꼼하게 변별하는 기능을 갖추고 역사 창출에 동참해야 한다.

 # 출간후기

자연 속에서 얻는 사랑의 자기 성찰이 행복과 긍정의 에너지가
팡팡팡 샘솟도록 하는 마중물이 되기를 소망합니다!

**권선복**
도서출판 행복에너지 대표이사

사람의 인생은 수많은 요소들로 이루어져 있습니다. 돈과 명예를 좇
는 인생도 있을 것이고, 사랑을 따르는 인생도 있을 것이며, 자기 자신
의 목표를 갖고 우직하게 그것을 이루는 인생도 있을 것입니다. 또한
타오르는 불꽃과 같은 인생이 있다면 담백하게 흐르는 물과 같은 인생
도 있습니다. 하지만 이렇게 다양한 인생들 속에도 빼놓을 수 없는 공
통적인 요소는 분명히 있습니다. 바로 사람을 둘러싸고 있는 자연과의
관계, 그리고 사람과 사람 사이의 관계입니다.

조규빈 저자는 이 수필집 『사랑의 구름다리』를 통해 이렇게 모든 인
생의 공통된 한 축을 이루는 자연, 그리고 사람 사이의 정과 사랑을 탐

색합니다. 먼저 자연을 주제로, 이 책은 우리를 둘러싸고 있는 자연이
우리에게 전해 주는 다양한 교훈과 아름답게 절제된 심상을 보여주고
있습니다. 구름다리의 자연적 진동이 말해주는 사랑의 진정한 의미, 혹
독한 추위를 견뎌야 아름답게 피어나는 꽃의 교훈 등은 우리를 둘러싼
자연환경이 우리에게 어떤 영향을 끼치는지 알려줌과 동시에 우리 삶
에 꼭 필요한 중요한 교훈들을 전달하고 있습니다.

또한 인간을 주제로 하여 인간관계의 가장 중요한 두 가지, 정과 사
랑에 대해 탐구하는 것도 이 책의 중요한 부분입니다. 우리를 위해 자
신을 기꺼이 희생하셨던 어머니의 모정, 형제의 정, 친구의 정, 스승과
제자의 정…. 사람 사이의 사랑에서 태어난 정은 우리 인생에서 결코
떼어 놓을 수 없는 요소라고 보아도 과언이 아닐 것입니다.

이렇게 '자연'과 '사랑'이라는 두 가지 요소를 주제로 잡아 담백하고
깨끗한 문학적 시도를 선보이는 『사랑의 구름다리』는 전작 『정동진 여
정』, 『사랑이 빚어내는 삶의 서정』에 이은 조규빈 저자의 문학적 도전의
일환이기도 합니다.

1년에 한 권씩 반드시 수필집을 내겠다는 조규빈 저자의 문학적 열
정과 도전, 그 정신에 큰 응원의 박수를 보내며 저자의 선한 기운이 이
책을 읽는 분들의 삶에 널리 퍼져 모든 분들의 삶에 행복과 긍정의 에
너지가 팡팡팡 샘솟기를 소망합니다.

197

# 내 삶을 바꾸는 기적의 코칭

### 박지연 지음 | 값 15,000원

『내 삶을 바꾸는 기적의 코칭』은 '내면의 변화'의 길로 인도해 줄 안내서이다. 이 책은 하루에 딱 3분만 들여도 충분히 음미하고 생각할 수 있는 흥미로운 이야기가 가득하다. 내 삶을 변화시키고 내면을 변화시키는 것이 무작정 '어렵다'고 생각하기 쉽지만, 이 책은 오히려 아주 조그마한 생각의 전환만으로도 나를 바꿀 수 있음을 말하고 있다. 딱딱하게 말하는 자기계발서와는 달리, 독자에게 생각할 수 있는 여지와 여유를 준다는 게 차별점이라고 할 수 있다.

# 아홉산 정원

### 김미희 지음 | 값 20,000원

이 책 『아홉산 정원』은 금정산 고당봉이 한눈에 보이는 아홉산 기슭의 녹유당에 거처하며 아홉 개의 작은 정원을 벗 삼아 자연 속 삶을 누리고 있는 김미희 저자의 정원 이야기 그 두 번째이다. 이 책을 통해 독자들은 '꽃 한 송이, 벌레 한 마리에도 우주가 있다'는 선현들의 가르침에 접근함과 동시에 동양철학, 진화생물학, 천체물리학, 문화인류학 등을 아우르는 인문학적 사유의 즐거움을 한 번에 누릴 수 있을 것이다.

# 성공하는 귀농인보다 행복한 귀농인이 되자!

### 김완수 지음 | 값 15,000원

『성공하는 귀농인보다 행복한 귀농인이 되자』는 귀농 · 귀촌을 꿈꿔 본 사람들부터 진짜 귀농 · 귀촌을 준비해서 이제 막 시작 단계에 들어선 분들, 또는 이미 귀농 · 귀촌을 하는 분들까지 모두 아울러 도움을 줄 수 있는 책이다. 농촌지도직 공무원으로 오랫동안 근무하고 퇴직 후에 농촌진흥청 강소농전문위원으로 활동하고 있어서 현장 경험이 풍부한 저자의 전문성이 이 책에 고스란히 녹아 있다고 하겠다.

# 뉴스와 콩글리시

## 김우룡 지음 | 값 20,000원

이 책 『뉴스와 콩글리시』는 TV 뉴스와 신문으로 대표되는 저널리즘 속 콩글리시들의 뜻과 어원에 대해 탐색하고 해당 콩글리시에 대응되는 영어 표현을 찾아내는 한편 해당 영어 표현의 사용례를 다양하게 제시하기도 한다. 이러한 과정 속에서 독자들은 해당 영어 단어가 가진 배경과 역사, 문화 등 다양한 인문학적 지식을 알 수 있게 된다. 또한 많은 분들의 창의적이면서도 올바른 글로벌 영어 습관 기르기에 도움을 줄 수 있을 것이다.

# 아파도 괜찮아

## 진정주 지음 | 값 15,000원

이 책 『아파도 괜찮아』는 한의학의 한 갈래이지만 우리에게는 낯선 '고방'의 '음양허실' 이론과 서양의학의 호르몬 이론, 심리학적인 스트레스 관리 등을 통해 기존의 의학 및 한의학으로 쉽게 치료하기 어려운 '일상적인 고통'을 치료하는 방법을 제시한다. 또한 이론을 앞세우기보다는 저자의 처방을 통해 실제로 오랫동안 고통 받았던 증상에서 치유된 사람들의 이야기를 먼저 전달하며 독자의 흥미를 돋운다.

# 맛있는 삶의 사찰기행

## 이경서 지음 | 값 20,000원

이 책은 저자가 불교에 대한 지식을 배우길 원하여 108사찰 순례를 계획한 뒤 실행에 옮긴 결과물이다. 전국의 명찰들을 돌면서 각 절에 대한 자세한 소개와 더불어 중간중간 불교의 교리나 교훈 등도 자연스럽게 소개하고 있다. 절마다 얽힌 사연도 재미있을 뿐 아니라 초보자에게 생소한 불교 용어들도 꼼꼼히 설명되어 있어 불교를 아는 사람, 모르는 사람 모두에게 쉽게 읽힌다. 또한 색색의 아름다운 사진들은 이미 그 장소에 가 있는 것만 같은 즐거움을 줄 것이다.

책 『하루 5분, 나를 바꾸는 긍정훈련 - 행복에너지』는 '긍정훈련' 과정을 통해 삶을
업그레이드하고 행복을 찾아 나설 것을 독자에게 독려한다.
긍정훈련 과정은[예행연습] [워밍업] [실전] [강화] [숨고르기] [마무리] 등
총 6단계로 나뉘어 각 단계별 사례를 바탕으로 독자 스스로가 느끼고 배운 것을
직접 실천할 수 있게 하는 데 그 목적을 두고 있다.
그동안 우리가 숱하게 '긍정하는 방법'에 대해 배워왔으면서도 정작 삶에 적용시키
지 못했던 것은, 머리로만 이해하고 실천으로는 옮기지 않았기 때문이다. 이제
삶을 행복하고 아름답게 가꿀 긍정과의 여정, 그 시작을 책과 함께해 보자.

## 『하루 5분, 나를 바꾸는 긍정훈련 - 행복에너지』